Sophie Rosenberg

**Das verlassene Dorf**

Das Murnau-Projekt I

Sophie Rosenberg

# Das verlassene Dorf

## Das Murnau-Projekt I

Bibliografische Information Der Deutschen Bibliothek
Die Deutsche Bibliothek verzeichnet diese Publikation in der
Deutschen Nationalbibliografie; detaillierte bibliografische Daten
sind im Internet über http://dnb.ddb.de abrufbar.


Dieses Werk wurde vermittelt durch die
Literarische Agentur Thomas Schlück GmbH, 30827 Garbsen
Einbandgestaltung: Georg Design, Münster
Titelfoto: Digital Composing Thomas Georg
Bilder Photo Disc / Getty Images
Satz: Satz & Medien Wieser, Stolberg
ISBN 3-87067-998-0
www.brendow-verlag.de

# Inhalt

# Aufbruch ins Geisterdorf

„Die Teilnehmer am Murnau-Projekt, bitte zum Bus kommen!" Der stämmige rothaarige Mann im Jeansanzug rief den Befehl durch ein Megafon, um auch ja von allen gehört zu werden. „Ich wiederhole, alle Teilnehmer am Murnau-Projekt versammeln sich beim blauen Bus!"

Überall auf dem Parkplatz der Bahnstation Fürstenbrunn brach zwischen den Autos lebhafte Bewegung aus. Fröhliche, aufgeregte Stimmen riefen durcheinander. Junge Leute hoben ihre Rucksäcke und Reisetaschen auf, verabschiedeten sich von ihren Eltern und liefen auf den blauen Reisebus zu.

„So, dann mach's mal gut, Melanie!" Pastor Wilmayer legte seiner Tochter die Hand auf die Schulter. „Ich hoffe, du hast interessante Ferien. Vergiss nicht, mir und Mama eine E-Mail zu schicken, ob du gut angekommen bist. Und ... sei vernünftig, ja? Wir verlassen uns darauf, dass du so reif bist, dass wir nicht ständig auf dich aufpassen müssen. Also enttäusch uns nicht, okay?"

Das zierliche Mädchen mit dem stachelig nach allen Richtungen stehenden, pechschwarz gefärbten Haar blickte ein wenig verlegen zu Boden. „Nein, Papa, sicher nicht!", beteuerte es hastig. „Macht euch keine Sorgen. Ich muss mich beeilen." Melanie schwang ihren Rucksack über die Schulter, hob die Reisetasche auf und lief los, bevor ihr Vater am Ende noch auf die Idee kommen konnte, sie mit einem Küsschen oder einer Umarmung zu verabschieden. Das wäre ihr vor den anderen total peinlich!

Vor allem natürlich vor Julian Milford, dem sie sich als erwachsene Frau präsentieren wollte und nicht als papaküssendes Girlie. Außerdem wusste sie ganz genau, dass ihr Vater ebendiesen Julian gemeint hatte, als er sie ermahnt hatte, vernünftig zu sein. Aber wie konnte man vernünftig sein, wenn man mit einem Jungen in die Ferien fuhr, der aussah wie eine Mischung aus einem Engel und einem Rockstar und obendrein noch mit einem niedlichen amerikanischen Akzent sprach?

Neben Julian waren die anderen Boys einfach nur „Ausschussware". Man brauchte sie sich nur einmal angucken – Typen wie den Dicken da, der von seiner Mutter zum Abschied abgeknutscht wurde, als würde sie ihn nie wieder sehen! Und der da drüben, dieses schmächtige Kerlchen, das zu türkisgrünen Leggins ein schauderhaft zyklamrosa T-Shirt trug – Mann, was war das denn für einer? Dicke Brille, strähniges Haar, das im Nacken zusammengebunden war. Und dann noch das nervigste Lachen, das man sich vorstellen konnte!

„He, komm schon, Melanie, die fahren noch ohne uns weg!" Pamela, die eifrigste Freizeitteilnehmerin aus Pastor Wilmayers Gemeinde, stürmte mit fliegenden Locken herbei. Sie packte ihre Freundin am Arm und zerrte sie hinter sich her, als würde der Bus bereits losbrummen. Dabei standen die Türen sperrangelweit offen, und Rob Sanders, der rothaarige Projektleiter, war noch dabei, sich die Namen der Einsteigenden zu notieren, damit niemand verloren ginge oder zurückbliebe.

Melanie betrachtete ihn mit einiger Überraschung. Sie hatte sich unter dem letzten Nachkommen der führenden Murnauer Familie alles andere vorgestellt als diesen robusten Typ, der mit seinem zotteligen Haar, der runden Metallbrille und dem verwaschenen Jeansanzug etwas Abenteuerliches an sich hatte. Vor allem jetzt, wo er einen breitkrempigen, zerknitterten und abgenutzten Leinenhut trug, sah er mehr nach Indiana Jones aus als nach einem Landwirt aus dem finstersten Hinterwald.

„Melanie Wilmayer?“ Rob musterte sie von oben bis unten und schrieb ihren Namen auf. „Hast du alles dabei, was auf dem Infoblatt stand? Hast du die Broschüre durchgelesen? Gut. Die Nächste ... Pamela Müller. Hast du alles dabei ...“

Melanie drängte ins Innere des Autobusses. Natürlich hätte sie am liebsten neben Julian gesessen, aber erstens stand ihr Vater noch neben seinem Wagen am Rand des Parkplatzes und beobachtete genau den Bus, und zweitens waren die Plätze links und rechts bereits belegt. Katrin Elfer und Vanessa Klein.

Na klar, wer sonst! Katrin, ein Püppchen mit blonder Ringellockenmähne, und Vanessa, hoch gewachsen und von südländischem Reiz, waren die beiden Schönheitsköniginnen der Jugendgruppe, aber gutes Aussehen war – jedenfalls nach Melanies Meinung – auch schon das Einzige, was sie an Vorzügen zu bieten hatten. Sie fand sie einfach langweilig, zickig und egoistisch.

Die beiden hatten urplötzlich ihr lebhaftes Interesse an der Geschichte des Geisterdorfs entdeckt, als sich herausstellte, dass Julian mitfuhr. *Diese falschen Katzen!* Da hatten sie sich nie für etwas anderes interessiert als für Klatsch und Flirt und ihre Schönheitsproblemchen, und dann, als der Pastor der Jugendgruppe von dem Projekt erzählt hatte und Julian Milford als Erster aufgesprungen war, um sich zu melden – wie sie sich da angestellt hatten! Als wäre ihnen auf der Welt nichts wichtiger, als in den verlassenen alten Holzfällerhütten herumzukriechen und nachzuforschen, aus welchem Jahrhundert die wurmstichigen Dachbalken des Geisterdorfs stammten!

Gut – wenn Melanie absolut ehrlich war, so musste sie natürlich zugeben, dass sie selbst auch eher an Julian interessiert war als an den Spuren der protestantischen Siedler, die dort in der Einöde des Gebirges eine neue Heimat gefunden hatten. Wäre Julian nicht mitgefahren, so hätte sie dem Projekt eher gleichgültig gegenübergestanden. Aber wenigstens war sie entschlossen, wenn sie nun schon einmal da war, auch wirklich mitzuarbeiten.

Die rundliche Pamela, die schwitzend und schwer atmend hinter Melanie durch den Mittelgang stolperte und ihr Gepäck nachschleifte, bemerkte mit leisem Spott: „Die besten Plätze sind leider schon besetzt!"

Melanie gab keine Antwort. *Das ist ja nun mal wieder typisch Pamela,* dachte sie. Selbst hatte sie nicht die geringsten Chancen bei Julian – verständlicherweise, denn warum sollte sich ein Traumboy für ein Mädchen mit Mondgesicht und Kulleraugen interessieren, das bis zu den Ohren voll Problemen steckte! Also hatte diese komplexgeplagte Molly ihren Spaß daran zu beobachten, dass auch die anderen, hübscheren Girls keine Chance bei diesem Eisberg von einem Jungen hatten.

Im nächsten Augenblick durchfuhr Melanie ihr schlechtes Gewissen. Sie und Pamela waren beste Freundinnen – oder waren jedenfalls jahrelang beste Freundinnen gewesen, ehe Melanie angefangen hatte, alle anderen Mädchen in Julians Umgebung als Feindinnen und Konkurrentinnen zu betrachten. Früher hatte es ihr nie etwas ausgemacht, ob Pamela nun ein paar Kilo mehr oder weniger wog, und sie hatte sich ihre Sorgen angehört, statt sich darüber zu mokieren. Eigentlich schade, dass ein Junge zwei Freundinnen so auseinander bringen konnte. Aber wie sollte sie ihre Eifersucht unterdrücken?

„Habt ihr alle eure Plätze gefunden?“, rief Sanders durch das Bordmikrofon. „Okay, dann erstens: Kopfhörer runter von den Ohren, und zweitens: Handys ausschalten! Ihr könnt Musik hören und telefonieren, wenn nicht gearbeitet wird, aber jetzt wird gearbeitet. Drittens: Schlechte Nachricht für alle Raucher. Wegen der Waldbrandgefahr im Hochsommer ist im Murnauer Tal das Rauchen im Freien verboten. Wenn jemand unbedingt seine Sargnägel braucht, soll er oder sie sich bei mir melden, dann werden wir ein Stinkeplätzchen ausfindig machen, wo nichts passieren kann. Alles gespeichert? Auf geht's! Wir starten bei Fürstenbrunn, dem ‚Dorf der Quellen‘ ...“

Melanie fand im letzten Augenblick, bevor der Bus anruckte, einen Fensterplatz, klemmte sich den Rucksack hinter den Rücken, die Reisetasche zwischen die Füße unter den Sitz und atmete tief durch.

Los ging's! Die ersten Minuten von den vielen, vielen Minuten der kommenden sechs Wochen, in denen sie mit Julian gemeinsam Ferien machte. Nun ja, mit Julian, 24 anderen Jugendlichen und ein paar Erwachsenen. Aber immerhin, die Chancen, seine Aufmerksamkeit zu erregen, standen besser als zu Hause, wo sich neun Zehntel aller Mädchen in der Gemeinde in den schönen Neunzehnjährigen verliebt hatten. Er würde natürlich sehr bald merken, was für hohle Nüsse Katrin und Vanessa waren, und Pamela stellte sowieso keine ernsthafte Konkurrenz dar. Gut, sie hatte langes, lockiges, glänzend kastanienbraunes Haar und eine wunderbar zarte Haut, aber sie war einfach zu mollig. Es würde nicht lange dauern, bis Julian begriffen hatte, dass von allen „Projektmädchen“ nur Melanie wirklich für ihn in Frage kam.

Der Bus verließ die verschlafene Ortschaft Fürstenbrunn, die nur einen einzigen bedeutenden Charakterzug aufwies: Mitten im Ort begann eine der ältesten und wichtigsten Wasserleitungen des Landes. Rundum lagen freundliche, sonnige Hügel. Auf einem erhob sich das Barockschloss der Fürsten von Zwiernau, dessen ockergelbe Mauern weithin leuchteten. Von den Bergen waren nur ein paar blinkende Schneefelder zu sehen, die sich hoch über den Hügeln in den strahlend blauen Julihimmel streckten. Es ging über eine Bundesstraße, die rasch anstieg und in dunklen Wäldern verschwand.

Rob Sanders fuhr in seinen Erklärungen fort. „Ich bitte um eure Aufmerksamkeit! Ihr habt alle Informationen ja schon in der Broschüre gefunden, aber ich fasse sie noch einmal kurz zusammen. Wir sind hier, um den Spuren unserer Glaubensbrüder nachzugehen, die dreihundert Jahre lang in Murnau ihre Heimat hatten. Das historische Projekt wurde ins Leben gerufen, weil dieses winzige evangelische Dorf mitten im katholischen Land eine so außergewöhnliche Geschichte hatte. Murnau ist ein Zeugnis für ein düsteres Kapitel in der Chronik des Christentums, zeigt aber auch, welch großen Mut und welches Gottvertrauen Christen unter schwierigsten Umständen bewahrten. Die Bewohner…“

Er unterbrach sich mitten im Satz, trat ein paar rasche Schritte vor und beugte sich über eine der Sitzreihen. Die hohen Lehnen verbargen vor den dahinter Sitzenden, was dort vorging, aber ein Protestschrei wurde laut und Sanders zornige Stimme. Als der Projektleiter sich wieder aufrichtete, hielt er eine Nintendo-Playstation in der Hand.

Mit mühsam beherrschter Wut in der Stimme wandte er sich an die Gruppe. „Leute, manche von euch haben offenbar nichts kapiert. Also noch einmal langsam zum Mitschreiben: Ihr habt euch freiwillig für dieses Projekt gemeldet. Eine Menge Leute zahlt eine Menge Geld, damit ihr hier sein könnt. Also erwarte ich auch, dass ihr mitarbeitet. Diejenigen, die ihre Zeit lieber mit Computerspielen verbringen, sollen das anderswo tun. Wer kein Interesse am Projekt hat, kann umgehend wieder nach Hause fahren. Er bekommt auch noch einen Brief an seine Eltern, sie möchten bitte das aufgewendete Geld zurückzahlen."

Betroffenes Schweigen herrschte im Bus. Melanie sah, wie einige Gesichter immer länger wurden. Das waren offenbar die Gesichter derjenigen, die nicht ernstlich daran geglaubt hatten, dass das Projekt Arbeit bedeutete. Wahrscheinlich hatten sie – Katrin und Vanessa vorneweg – gedacht, sie würden einmal lässig durchs Dorf schlendern, einen Aufsatz schreiben und dann sechs Wochen lang faulenzen. Aber so hatten die Landesregierung und die Theologische Fakultät der Universität sich das nicht vorgestellt, als sie das Sommerstudien-Projekt „Evangelische Jugend auf den Spuren ihrer Geschichte" ausschrieben. Schließlich arbeiteten auch drei Wissenschaftler an dem Unternehmen mit, zwei Theologen und eine Heimatforscherin.

„Ganz schön scharf, wie der Typ mit der Peitsche knallt, was?", flüsterte Pamela ihrer Freundin ins Ohr. Es klang zutiefst zufrieden. Pamela hatte natürlich ein reines Gewissen. Sie hatte sich so sorgfältig vorbereitet, als ginge es um eine Abschlussprüfung, und war entschlossen, als Musterschülerin zu glänzen.

Sanders hatte sich wieder beruhigt und setzte seinen Vortrag fort. „Die Menschen, die hier lebten, kamen als Vertriebene in das Tal. Wie ihr wohl schon wisst, wurden im 17. und 18. Jahrhundert immer wieder ganze Familien wegen ihres lutherischen Glaubens gleichsam über Nacht von Haus und Hof verjagt. Flüchteten sie nicht schnell genug, kamen Soldaten und eskortierten sie gewaltsam über die nächste Grenze."

Melanie starrte aus dem Busfenster. Ein unvermutetes Gefühl der Einsamkeit überkam sie. Sechs Wochen weg von zu Hause! Natürlich hatte sie furchtbar cool getan, als ihre Mutter besorgt gefragt hatte, ob sie wirklich an dem Projekt mitarbeiten wollte. „Meine Güte, Mama, nun tu doch nicht so, als würde ich in die sibirische Taiga verschleppt! Ich bin immerhin vierzehn und wirklich alt genug, um allein an einem Ferienlager teilzunehmen!" Aber jetzt war ihr nicht mehr so ganz geheuer zumute. Sie tröstete sich damit, dass das nur eine kindische Anwandlung sei, die rasch wieder vorbeigehen würde, und unterdrückte das Bedürfnis, ihre Mutter jetzt gleich anzurufen und ihr zu versichern, dass alles in Ordnung war.

Wahrscheinlich lag es sowieso nur an der einsamen Gegend. Da musste man ja trübsinnig werden! Die Straße wand sich wie eine dunkelgrün gefleckte Riesenschlange durch den Wald, dessen feuchter Geruch nach Moos und faulen Blättern bis ins Innere des Autobusses drang. Außer ihnen benutzte nur ein einziges Fahrzeug die Strecke, ein grün-silberner Kastenwagen, der bedächtig hinter dem Bus herzockelte. Sonst war weit und breit nichts Lebendiges zu sehen.

Der Wald hatte etwas Bedrückendes an sich. Stellenweise hingen die bärtigen Tannenäste beinahe bis auf das Dach des Fahrzeugs herab. Man konnte nicht einmal zwei

Meter vom Straßenrand sehen, ehe sich die Tannen zu einer stacheligen, schwarzbraunen Mauer verfilzten.

Melanie hörte wieder Sanders' Stimme: „Das bekannteste Ereignis dieser Art war die Vertreibung der Salzburger Protestanten in den Jahren 1730 und 1731. Doch schon fünfzig Jahre vorher kam es im Defereggental, das damals noch zum Fürsterzbistum Salzburg gehörte, zur gewaltsamen Umsiedelung von mehr als 900 Personen. Unser Forschungsprojekt befasst sich mit einer Splittergruppe dieser Verstoßenen, die auf ihrer Suche nach einer neuen Heimat in diesen einsamen, unbewohnten Talkessel gerieten und sich dort ansiedelten. Sie waren die Gründerväter und -mütter des Dorfes Murnau. Mit ihnen werden wir uns in den nächsten Wochen beschäftigen."

# Neue Gesichter und alte Geschichten

Melanie hörte nur mit halbem Ohr zu. Sie hatte das alles schon in der Informationsbroschüre gelesen und wollte jetzt lieber die Gelegenheit nutzen, sich im Bus umzusehen. Schließlich würde sie mit den Mitfahrerinnen und -fahrern sechs Wochen lang zusammenleben, da war es wichtig, von Anfang an einen guten Überblick zu haben.

Die Teilnehmer am Projekt kamen aus verschiedenen evangelischen Gemeinden, landeskirchlichen und freikirchlichen. Melanie kannte niemanden – außer natürlich den drei Leuten aus ihrer Heimatgemeinde. Sie zählte unauffällig, wie viele Jungen auf wie viele Mädchen kamen. Zehn Jungen auf fünfzehn Mädchen ... eine schlechte Quote, bemerkte sie enttäuscht. Umso schlechter, als sie zumindest zwei von den Jungen gleich von der Liste der eventuell Interessanten streichen konnte. Der Erste war der verdrießliche Dicke im senfgelben Flanellhemd – wirklich todschick, der Süße! –, der Zweite der kleine Quietscher im zyklamrosa T-Shirt, der vorne im Bus für Unruhe sorgte. Bei dem Gebrumm des Motors und dem allgemeinen Geschwatze und Gemurmel konnte Melanie nicht verstehen, worum es eigentlich ging, aber sein immer wieder aufschrillendes Gelächter verriet, dass er sich offensichtlich selbst für ungemein witzig hielt. Zehn Jungen minus zwei Ekelpaketen, das bedeutete acht Jungen für fünfzehn Mädchen. Also, selbst im günstigsten Fall, wenn alle acht Jungen eine Interessentin fanden, blieben immer noch sieben allein stehende Mädchen übrig, die sich alle auf den Amerikaner mit seinen leuchtend blauen Augen und dem hellblonden Haar stürzen würden.

Melanie merkte, wie eine dunkle Wolke ihre Ferienstimmung überschattete. Nein, unter solchen Umständen war gar nicht daran zu denken, dass sie ihr Interesse und ihre Aufmerksamkeit der Geschichte des geheimnisvollen alten Dorfes widmete, das eben dabei war, von der Landkarte zu verschwinden. Sie würde jeden Augenblick auf Zack sein müssen, um sicherzustellen, dass Julian sich ihr zuwandte – ihr allein!

„Aufgepasst, Leute!" Sanders' Stimme schallte von neuem durch den Bus. „Ich bitte darum, dass ihr euch auf die Landschaft konzentriert. Sie wird eine wichtige Rolle bei unserer Arbeit spielen. – Du auch, Hanno!" Das galt dem Quietscher. „Vor uns liegt das Gebirgsmassiv, das das Murnauer Tal einschließt, drei Kalkstöcke, die eine Höhe von etwa zweieinhalbtausend Meter erreichen ... linker Hand die Breite Mauer, rechts die Wilde Mauer, am hinteren Ende des Tales dann das Hohe Joch. Und jetzt fährt unser Bus in den Kalten Gang, die Schlucht, die den einzig befahrbaren Zugang zum Talkessel bildet. Der Bach heißt Kaltenbach."

Pamela, die neben Melanie saß, stieß einen Schreckensschrei aus. Der Bus war von der Bundesstraße abgebogen auf eine ebenfalls asphaltierte, aber viel schmalere Straße, und schlagartig öffnete sich hinter den Tannen der Eingang in eine Schlucht zwischen himmelhohen Felswänden. Sie ragten so hoch auf, dass Melanie von ihrem Sitzplatz aus den oberen Rand nicht sehen konnte: grauweißes, zerklüftetes, manchmal fantastisch geformtes Kalkgestein, zwischen dem nur ein gefährlich schmaler Raum für den reißenden Gebirgsbach und die Straße blieb.

Ein hölzerner Reiter versperrte die Zufahrt. Ein Schild hing daran: *„Quellenschutzgebiet! Privatstraße! Zufahrt für Unbefugte verboten!"*

„Ich wollte, wir wären unbefugt", murmelte Pamela. „Das grenzt ja an Extremsport!"

Der Bus hielt an. Sanders stieg aus und schob die Sperre beiseite. Dann sah Melanie, wie er heftig mit beiden Armen winkte und vorsprang. Der grün-silberne Kastenwagen, der schon die ganze Zeit an ihrer hinteren Stoßstange gehangen hatte, wollte gerade ebenfalls in den Zugang zur Schlucht einbiegen. Durch die geschlossenen Fenster war nicht zu hören, was gesprochen wurde, aber die Gesten des Projektleiters waren eindeutig. Der Grün-Silberne wendete und verschwand.

„Was war denn das für einer?", hörte Melanie den Busfahrer fragen, als Sanders wieder einstieg.

„Bergsteiger, die in die Rote Schlucht wollten. Ich habe ihnen gesagt, da müssen sie von hier ab latschen oder zurück nach Fürstenbrunn fahren und von Rehwald aufsteigen. So, wie die aussahen, waren sie von der total bequemen Sorte, die direkt bis vor die Hütte fahren wollen."

Sie fuhren wieder los, aber um vieles langsamer und vorsichtiger als zuvor. Der dahinrumpelnde Bus schien in der Luft zu hängen. Wenn Melanie nach unten blickte, sah sie gischtschäumendes Wasser, hob sie den Blick, sah sie nur schattenverhangene Felsen. Durch die Lüftungsklappen zog klamme, feuchtkühle Luft herein, die ihr eine Gänsehaut über den Körper jagte. Sie knotete die Strickjacke los, die sie um die Hüften gebunden hatte, und schlüpfte hinein.

„Der Name ‚Kalter Gang' passt jedenfalls!", bemerkte sie fröstelnd.

Pamela nickte verkrampft. „Hoffentlich stürzen wir nicht in den Bach. Was meinst du, kommt der Bus überhaupt durch?"

„Na sicher kommt er durch. Denkst du, die Leute in Murnau sind geflogen?", fragte Melanie – der die schmale Straße auch unheimlich war – gereizt. „Hast doch gehört, was Sanders sagte: Es gibt sonst keinen anderen Weg ins Tal außer dem über die Berge, und die Murnauer sind sicher nicht jedes Mal bis zu den Gipfeln hinauf- und wieder hinuntergeklettert, oder?"

Pamela gab zu, dass das stimmte, krallte aber weiterhin die Finger um die Haltestange, als könnte sie auf diese Weise den Bus davor bewahren, abzustürzen.

„Wie ihr wisst", fuhr Sanders in seinen Erläuterungen fort, „wird Murnau Ende des Sommers abgerissen, da die Einwohnerzahl drastisch zurückgegangen ist. Die Landesregierung hat sich daher entschlossen, die letzten Bewohner umzusiedeln und das Quellenschutzgebiet bis zum Eingang der Schlucht auszudehnen. Es wird dann jeder Autoverkehr untersagt sein, die Straße wird gesperrt."

Pamela hob die Hand und rief: „Herr Sanders, warum wurde Murnau eigentlich verlassen? In der Broschüre steht nichts darüber."

Der Mann zuckte die Achseln. „Das hat mehrere Gründe. Es ging einfach langsam zugrunde. Murnau war ein reiches Dorf, so lange der Holzhandel und der Bergbau florierten. Aber beide sind schon seit vielen Jahrzehnten nicht mehr aktuell. Eine Zeit lang lebte das Dorf vom Hotel, das als Sanatorium für Lungenkranke geführt wurde. Aber auch damit hatte es ein Ende, als die Tuberkulose durch das allgemeine Impfprogramm allmählich verschwand. Es wurde den Einwohnern immer schwerer, sich zu halten. Ackerbau ist unmöglich, das Dorf liegt zu abgeschieden, bei Schlechtwetter ist die Straße durch den Kalten Gang auch heute noch unpassierbar. Dann steigt der Kaltenbach bis über das Straßenniveau, und die Gefahr von Steinlawinen ist extrem hoch. Touristen kommen kaum in diese Einsamkeit, selbst die Bergsteiger brechen meistens von Süden her auf, wo am Fuß des Gebirges die Kurorte wie Süßenbrunn und Rehwald liegen. Alles zusammen führte dazu, dass die jungen Leute wegzogen. Und als die Alten allmählich wegstarben, wurde Murnau mehr und mehr zum Geisterdorf."

Eine Stimme meldete sich – eine scharfe Jungenstimme mit einem unangenehm arroganten Beiklang. Melanie stand halb auf, um zu sehen, wer der Sprecher war, und entdeckte den Dicken im senfgelben Holzfällerhemd. „Dann hat es also nichts mit den mysteriösen Erscheinungen im Tal zu tun, dass die Leute geflüchtet sind?"

Sanders lachte, aber es klang gereizt. „Du machst mir Spaß! Was sollen denn das für Erscheinungen sein?"

„Das wissen Sie doch genau", antwortete der Junge spöttisch. „Sie sind doch aus Murnau. Und Sie sind ein Sanders. Da kann Ihnen doch nicht entgangen sein, was in Ihrem Familiensitz herumspukt."

Sanders machte eine ärgerliche Handbewegung. „Lass uns mit diesem Quatsch in Ruhe. Das ist nichts als dummes Geschwätz!", befahl er und fuhr dann eilig in seinem Vortrag fort. „Ich denke, ihr habt schon einiges von der Atmosphäre dieses abgeschiedenen Tals mitbekommen. Nun stellt euch vor, wir gehen weit in der Zeit zurück, bis zu den Anfängen der Menschheit. Das Gebiet um Fürstenbrunn ist uralt, die ersten menschlichen Spuren reichen bis in die jüngere Steinzeit zurück. Aber bis der erste Mensch seinen Fuß hierher in den Talkessel setzte, sollten noch dreitausend Jahre vergehen. Bis dahin gehörte es den Naturgewalten, den wilden Tieren, ja eigentlich war das Tal ein wüster, verschlungener, unpassierbarer Urwald. Die Menschen wussten lange Zeit nicht, dass es überhaupt existierte. Später nannten sie es übrigens den ‚Heimlichen Grund'. Forscher haben aber in der Fuchsengrotte, einer geräumigen Höhle unterhalb der Spiegelwand, zahlreiche Spuren entdeckt, die zeigen, dass sich dort Menschen aufgehalten haben, wahrscheinlich schon im 11. Jahrhundert. Sie nutzten das Tal jedoch nur als gelegentliche Zuflucht in Kriegszeiten und kehrten bei erster Gelegenheit in die freundlichen, sonnigen Vorberge rund um Schloss Fürstenbrunn zurück. So, wir kommen jetzt zu den ersten Häusern des Dorfes. Seht sie euch gut an, um einen Eindruck zu gewinnen ..."

Melanie spähte hinaus. Die atembeklemmend enge Schlucht wurde ein klein wenig breiter, gerade genug, dass links und rechts des Baches je eine Zeile niedriger Häuser und dahinter halsbrecherisch steile Bergwiesen Platz hatten. Lang gestreckte, verwilderte Erdflecken, die einmal Küchengärten gewesen waren, unterbrachen die Reihe der Gebäude. An allen waren die Fensterläden und die Eingangstore geschlossen. Vielen war deutlich anzusehen, dass sie schon eine Weile leer standen. Die ehemals weißen Mauern waren fleckig vom Regen, die eingesunkenen Dächer von Moos überwachsen. Vor den Eingangstüren wucherte kniehoch das Unkraut. Andere waren erst vor kurzem verlassen worden und bewahrten noch einen Anschein von Leben. Erst auf den zweiten Blick war zu erkennen, dass hinter den vorhanglosen Fenstern leere Räume gähnten.

„Wohnen denn jetzt überhaupt noch Leute hier?", erkundigte sich Pamela. Obwohl der Bus schwankte wie ein Schiff auf hoher See, hatte sie ihren Laptop auf den Knien aufgeklappt und machte sich eifrig Notizen.

„Nein, die sind alle weg", antwortete Sanders. „Wir sind die Einzigen hier."

Überraschend mündete das enge Tal in einen ovalen Kessel, der auf allen Seiten von den imposanten Felsmauern umgeben war. Vor allem eine erhob sich, vom schrägen Licht der Nachmittagssonne angestrahlt, in einem einzigen, gewaltig schroffen Absturz über dem Tal. Melanie sah, dass Bergsteiger darin herumkletterten. Sie wirkten wie blaue und rote Fliegen, die auf einer spiegelglatten Mauer herumkrabbelten. Tatsächlich hieß der Absturz auch, wie Sanders ihnen erzählte, „Spiegelwand". Melanie schauderte. Sport war ja schön und gut, aber da oben über dem Abgrund herumzuturnen – nein danke, das war nichts für sie!

„Gleich kommen wir zum Kirchplatz, zugleich der Hauptplatz von Murnau", verkündete Sanders durch das Bordmikrofon.

Am Eingang des Kessels erhob sich eine weiß getünchte kleine Kirche mit einem spitzen, schindelgedeckten Turm. Ihr gegenüber standen ein ehemaliges Gasthaus, dessen schmutzig trübe Fensterscheiben seine Verlassenheit verrieten, sowie ein Dutzend Häuser, die offenbar den Reichen des Ortes gehört hatten. Im Vergleich zu den Häuschen am Bachrand wirkten sie nämlich geradezu protzig. Es waren hohe, schmalbrüstige Villen aus der Zeit der Wende vom 19. zum 20. Jahrhundert, die mit ihren Türmchen und Erkern wie Dornröschenschlösser aussahen. Sie mussten einmal sehr hübsch gewesen sein, aber jetzt sah man ihnen an, dass sie seit langem vernachlässigt worden waren. Die Fenster der Veranden waren blind vom Staub, die Mauern dort von einem Netzwerk bräunlicher Sprünge überzogen, wo sich der Verputz vom Untergrund zu lösen begann. Von den schmiedeeisernen Verzierungen waren der grüne und goldene Lack zum größten Teil abgeblättert.

Das größte und imposanteste dieser Häuser stand nicht auf dem Kirchplatz, sondern etwa hundert Meter höher auf einem vorspringenden Felsen mitten im Wald. In seinen guten Tagen musste es ein wahrer Prachtbau gewesen sein mit zahlreichen Türmchen, einer rundum laufenden Veranda, die ein prächtig verschnörkeltes Gitter umschloss, türkisgrüner und rosafarbener Tünche und vergoldeten Wetterfahnen. Aber jetzt war es ein trostloses leeres Gehäuse, dessen lebhafte Farben zu Speigrün und Regenwurmrosa verblichen waren, die Gitter verrostet, die Scheiben zum Teil eingeschlagen.

Pamela hob wieder die Hand. „Das rosa Gebäude oben im Wald, Herr Sanders, was ist das?"

Bevor Sanders aber noch antworten konnte, meldete sich der dicke Junge zu Wort. „Na was wohl? Das ist das berühmt-berüchtigte Sanders-Hotel – das Spukhaus von Murnau und der eigentliche Grund, warum hier niemand wohnen will."

Sanders warf ihm einen wütenden Blick zu, beherrschte sich dann aber und begnügte sich mit der spöttischen Äußerung: „Ach ja? Und du, Daniel, bist der berühmt-berüchtigte Nachquatscher aller Dummheiten, die in Esoterik-Klatschblättchen stehen, stimmt's?"

*Daniel heißt der Fleischberg mit dem vorlauten Mundwerk also,* dachte Melanie. Na ja, dann wusste sie wenigstens, wem sie aus dem Weg gehen würde.

Aber was er da gesagt hatte, war schon eigenartig. Ein Spukhaus! Sie warf einen Blick zurück auf das trübselige

Gebäude am dicht bewaldeten Hang. Stimmt, es sah wie ein Spukhaus aus, aber das taten alle lange unbewohnten Gebäude. Vielleicht wollte Daniel sich nur wichtig machen – das würde ihm ähnlich sehen. Aber andererseits hatte der Projektleiter indirekt bestätigt, dass sich esoterische Zeitschriften mit dem „Spuk“ im Sanders-Hotel beschäftigten ... Sehr merkwürdig!

Melanie erwartete, dass der Bus auf dem Kirchplatz stehen bleiben und sie aussteigen würden, aber sie fuhren noch ein Stückchen weiter, tiefer in den Kessel hinein. Obwohl die Julisonne mit aller Kraft vom Himmel brannte, war es im Tal kühl – eine feuchte Kühle, die aus dem Bach und den mächtigen, tiefdunklen Wäldern aufstieg. Da waren sie noch keine Stunde gefahren, und doch schien es ihr, dass sie in eine völlig andere, vergangene Welt geraten waren. Sie warf einen unruhigen Blick zum Himmel und atmete erleichtert auf, als sie sah, dass er – so viel zwischen den Gipfeln zu sehen war – in einem klaren, lichten Blau leuchtete. *Hoffentlich bleibt das so!* Sie erinnerte sich, dass Sanders gesagt hatte, bei Schlechtwetter sei die Straße unpassierbar.

„Die Berge sind hoch interessant, aber auch sehr gefährlich“, erklärte dieser soeben. „Sie stecken voll von Höhlen und Schächten, teils Überresten des ehemaligen Bergwerks, teils natürlichen Einbrüchen, wo das Wasser sich durch den weichen Stein gefressen hat. Es ist daher wichtig, dass ihr auf keinen Fall allein im Wald herumlauft. Dazu kommt das Wetter, das äußerst launisch und unberechenbar ist. Wir haben schon oft erlebt, dass die Temperatur innerhalb einer halben Stunde um zehn Grad fiel oder dass oben auf den Gipfelplateaus Schneestürme tobten, während es hier unten sommerlich warm war. Also, denkt daran, dass ihr in den Bergen seid und nicht im Park vor der Haustür!“

Der Junge mit dem zyklamrosa T-Shirt kreischte auf, dass es durch den Bus hallte. „Oh nein, oh nein! Gibt es denn hier auch noch Bären und Wölfe? Mami, ich fürchte mich!“ Dabei warf er sich in die Arme seiner Sitznachbarin, die ihn ärgerlich zur Seite stieß.

Pamela verdrehte die Augen. „Wenn wir dieses Mondkalb sechs Wochen lang ertragen müssen, werde ich verrückt“, flüsterte sie ihrer Freundin zu.

Melanie war in Gedanken jedoch woanders. „Sag mal, du hast dich doch gut vorbereitet. Hast du irgendetwas von Spukhaus und dergleichen gelesen?“

„In der Broschüre stand nichts darüber.“

„Aber in Esoterik-Zeitschriften steht offenbar was davon, das hat Sanders ja eben selber zugegeben. Er sagte wortwörtlich, Daniel quatsche bloß nach, was in diesen Zeitschriften steht.“

Pamela zuckte unbeeindruckt die Achseln. „Ach was! In denen steht auch, dass Roy Black sich mit Klopfzeichen aus dem Jenseits meldet und Prinzessin Diana im Buckingham-Palast herumspukt. Das ist doch alles Quatsch – genau, wie Sanders gesagt hat.“

Schließlich hielten sie vor einer geräumigen Jagdhütte an. Sie war aus dunklen Balken auf einem groben Sockel aus Steinen erbaut, einstöckig, mit einem Schindeldach, auf dem zum Schutz gegen die reißenden Bergstürme Felsbrocken lagen, um die Schindeln festzuhalten. Über der Tür flatterte ein Transparent: „Historisches Projekt Murnau, Zentrale“.

Die jungen Leute stürmten aus dem Bus und quer über die Wiese zum Haus. Melanie war unter den Letzten, die ausstiegen, und so hörte sie mit, wie Rob Sanders zu dem Fahrer – einem hageren jungen Mann mit struppig vom

Kopf abstehendem Haar – sagte: „Wenn Sie zurückfahren, Brugger, halten Sie ein Auge offen, ob dieser Kastenwagen noch irgendwo in der Gegend herumhängt. Je länger ich darüber nachdenke, desto mehr habe ich das Gefühl, dass mit diesen angeblichen Bergsteigern etwas nicht stimmt. Das waren zwei so knieweiche Säcke, die steigen nicht auf einen Berg, und schon gar nicht durch die Rote Schlucht. Sagen Sie mir auch Bescheid, wenn Ihnen Wanderer oder sonst irgendwelche Leute begegnen."

„Mach ich, Chef."

„Gut. Wir sehen uns dann wie gewohnt."

Melanie tat, als hätte sie dem Gespräch keinerlei Aufmerksamkeit geschenkt, obwohl sie es ziemlich merkwürdig fand. Soviel sie wusste, war das Tal bisher noch öffentlich zugänglich. Der hölzerne Reiter mit dem Schild „Privatstraße" hatte kein Recht, dort zu stehen. Allerdings wusste sie auch, dass Bauern und Jagdherren solche Schilder gern aufstellten, um ahnungslose Touristen von ihrem Grund und Boden fernzuhalten. Und der Kastenwagen? Er war schon kurz hinter Fürstenbrunn hinter ihnen gewesen und ihnen dann auf den Fersen geblieben, was allerdings auch zu erwarten gewesen wäre, wenn wirklich Bergsteiger darin saßen. Sanders schien ein bisschen paranoid zu sein. Oder hatte er nur die Nase gestrichen voll von ungebetenen Gästen, die dann im Quellschutzgebiet kampierten, Feuer im trockenen Nadelwald anzündeten, haufenweise Unrat liegen ließen und ihre Gettoblaster auf volle Lautstärke drehten?

Pamela, die vorausgelaufen war, winkte ihr ungeduldig zu. „Melanie! Melanie! Worauf wartest du?"

Also setzte Melanie sich in Trab und überließ es Rob Sanders, sich über lästige Eindringlinge Sorgen zu machen.

# Leben wie die Pioniere

Die Jagdhütte strahlte Gemütlichkeit aus. Die Hirschgeweihe über dem Eingang waren von der Sonne gebleicht und das alte Holz rissig. In der Sonnenwärme verströmte es einen dumpfen, aber angenehmen Geruch.

Sanders wandte sich an den Trupp junger Leute, die mit Sack und Pack vor der Hütte standen und aufgeregt durcheinander redeten. „Die anderen Mitarbeiter sind noch unterwegs, aber ihr könnt euch inzwischen schon einmal einrichten“, ordnete er an. „Der Schlafraum der Jungen ist im Erdgeschoss, der der Mädchen im oberen Stockwerk. Wenn ihr euch einquartiert habt, kommt in den Gemeinschaftsraum, da gibt es etwas zu essen und erste Informationen, wie unsere Arbeit in den nächsten Wochen aussehen wird.“

Pamela sah sich um. „Und Badezimmer und Toiletten, wo sind die?“

Sanders deutete auf einen hässlichen Anbau aus unverputzten Ytongsteinen, der wie ein Wespennest an der hinteren Mauer des Hauses klebte. Da der Grund dort um vieles tiefer lag als an der Vorderseite, führte eine Treppe hinunter. „Dort. Eine unserer täglichen Aufgaben wird übrigens darin bestehen, von der Zapfstelle Wasser zu holen.“

Katrin, die mitgehört hatte, starrte ihn verdutzt an. „Soll das heißen, es gibt hier kein fließendes Wasser? Kein warmes Wasser?“

„Nein, es sei denn, man erhitzt es auf dem Herd. Aber das ist eine mühsame Prozedur. Wir holen jeden Tag Wasser von einem Anschluss der Wasserleitung, tragen es in den Sanitärraum und verwenden es dort zum Waschen und um die Toiletten zu spülen."

Katrin kreischte geradezu auf. „Das darf doch nicht wahr sein! Sechs Wochen kein warmes Bad? Das wollen Sie uns zumuten?"

Sanders zuckte gleichgültig die Achseln. „Das stand in der Broschüre. Wenn du dir die Mühe gemacht hättest, sie zu lesen, wärest du darüber informiert."

Melanie mischte sich ein. „Aber in Murnau gab es doch sicherlich eine Wasserleitung. Ist die denn nicht mehr intakt?"

„Nein. Sie wurde deaktiviert. Sie war sehr alt und genügte den hygienischen Ansprüchen nicht mehr. Das Wasseramt hat angeordnet, sie zu sperren. Es wohnt ja kaum noch jemand hier."

Melanie erinnerte sich, dass er zuerst gesagt hatte, es wohne *überhaupt niemand mehr* hier, aber sie behielt den Gedanken für sich.

„Oh Mann!" Katrin stöhnte dramatisch auf. „Wenn ich gewusst hätte, dass wir hier leben sollen wie die Wilden ..."

Sanders lachte. „Sag lieber: wie die Pioniere. Als die ersten Siedler in diesen Kessel kamen, hatten sie auch kein warmes Wasser und keine Duschen. Also machen wir es ihnen nach."

Katrin war anzusehen, dass ihr eine wütende Antwort auf der Zunge lag, aber sie wagte nicht, sie auszusprechen. Mit einem Gesicht wie eine Gewitterwolke verschwand sie Seite an Seite mit ihrer Busenfreundin Vanessa.

Lärmendes Gedränge erfüllte die Jagdhütte, als die Jugendlichen hineinstürmten und in den beiden Schlafräumen ihre Plätze suchten. Im Erdgeschoss der Hütte gingen von einem schmalen Korridor zwei Räume ab: auf der einen Seite ein Schlafraum mit Matratzenlager, auf der anderen der Gemeinschaftsraum mit der sich anschließenden Küche, die durch eine Wand mit Durchreiche abgetrennt war. Eine schmale Holztreppe führte auf den Dachboden, wo sich ebenfalls auf einer Seite des Korridors ein Matratzenlager befand, während auf der anderen drei Zimmer waren, die von den Erwachsenen bewohnt wurden.

Das Matratzenlager unter dem Dach hatte nur ein einziges Fenster gegenüber der Türe, durch das man genau auf den Gipfel der Breiten Mauer hinausblickte. Die Lager befanden sich unmittelbar unter der Dachschräge, sodass man beim Aufsetzen vorsichtig sein musste, um sich nicht den Kopf anzustoßen. An der gegenüberliegenden Wand zog sich eine Reihe von hölzernen Kleiderspinden entlang. Flauschige, grell orange Wolldecken lagen auf jedem Bett, die Kopfkissen waren leuchtend blau bezogen. Das einfache Quartier machte einen gemütlichen Eindruck.

Vanessa verdrehte dennoch anklagend die Augen. „Das ist ja wie im Knast!“, jammerte sie. „Und wenn eine von euch schnarcht, was dann?“

„Dann stopfst du dir halt Ohropax in die Lauscher oder schläfst mit dem Walkman auf den Ohren“, erwiderte Pamela gereizt. „Sanders hatte Recht, das stand alles in der Broschüre. Außerdem finde ich es wirklich nicht so schlimm.“

„Was? Dass wir jeden Tag Wasser schleppen müssen wie die Kulis, das findest du nicht schlimm?“

Melanie seufzte und machte sich daran, ihre Sachen auszupacken. Das würde ja lustig werden, wenn diese beiden Zicken jeden Tag so herummaulten! Dann leuchtete ein Hoffnungsschimmer auf. Vielleicht war ihnen das Quartier so zuwider, dass sie gleich wieder heimfahren wollten? Das bedeutete zwei Konkurrentinnen – und zwei Nervensägen – weniger! „Ihr könnt jederzeit heimfahren, wenn es euch hier nicht gefällt", bemerkte sie über ihre Schulter hinweg.

„Das mache ich auch!", schrie Vanessa. „Darauf kannst du dich verlassen!"

*Na, hoffentlich hältst du dein Versprechen!,* dachte Melanie. Dann trabte sie die Treppe hinunter in den Gemeinschaftsraum, um nachzusehen, ob Julian schon dort war. Wenn sie schneller war als die anderen, würde sie einen Platz an seinem Tisch bekommen – Ziel aller Träume!

Sie hatte tatsächlich Glück. Julian saß bereits an einem Tisch, neben ihm nur ein Junge, den sie nicht kannte und der etwa in seinem Alter sein musste. Melanie holte in aller Eile ihren Holzteller mit Brot, kaltem Braten und Käse an der Durchreiche ab und stürzte herbei. „Ist hier noch frei?", fragte sie – und saß auch schon neben dem Mann ihrer Träume.

„Ja, klar. Platz genug." Julian lächelte. Er hatte eine merkwürdige Art, traumverloren vor sich hinzulächeln. Überhaupt hatte Melanie manchmal den Eindruck, dass er nicht völlig bei der Sache war, wenn er sich mit ihr oder anderen Mädchen aus der Jugendgruppe unterhielt. Sie schob den Gedanken beiseite, dass das vielleicht daran liegen mochte, dass der Neunzehnjährige sie, die Vierzehnjährigen, als kleine Mädchen betrachtete und ihnen nur höfliches Interesse entgegenbrachte. Eigentlich war er ja auch kein Mitglied der Jugendgruppe, sondern eher ein ehrenamtlicher Helfer und Betreuer, der dem Pastor einen Teil der Arbeit abnahm.

Egal! Melanie atmete tief durch und sammelte alle ihre Energien. Kleine Mädchen – das mochte auf Vanessa und

Katrin zutreffen, die andauernd nur herumkicherten und -alberten und zu keinem ernsthaften Gedanken fähig waren. Aber sie, Melanie, war vernünftig. War innerlich reif. Sie konnte an der Seite eines älteren Jungen durchaus bestehen. Es musste ihr einfach gelingen, das Eis zu schmelzen und Julian klarzumachen, was er versäumte, wenn er sich nicht mit ihr beschäftigte.

Sie beteiligte sich sofort eifrig am Gespräch. „Was meinst du? Ist das nicht ein tolles Abenteuer, hier zu leben wie die Pioniere?"

„Ja, richtig romantisch, nicht wahr?" Er lächelte sie an, setzte aber dann sofort das unterbrochene Gespräch mit dem unbekannten Jungen fort. „Macht dir das nicht zu schaffen, Boris, nach all den Jahren in dein Heimatdorf zurückzukommen und zu dokumentieren, wie es sozusagen seine letzten Atemzüge tut?"

Boris zögerte mit der Antwort. „Ja, irgendwie schon. Immerhin hat die Familie Schlagreiter eine Ewigkeit hier gelebt. Mein Großvater war Pastor, mein Urgroßvater auch. Aber schon zu Zeiten meiner Eltern war Murnau ein sterbendes Dorf. Die Lage wurde von Jahr zu Jahr schlechter. Die Silberminen waren erschöpft, die Holzfällerei musste aufgegeben werden, weil das Tal unter Naturschutz gestellt wurde und kein Holz mehr geschlagen werden durfte. Andere Einkommensquellen gibt es hier nicht. Rundum ist alles Quellschutzgebiet, das machte es unmöglich, zu bauen oder neue Straßen anzulegen." Er zuckte die Achseln. „Das ist übrigens das ganze Geheimnis von Murnau – nicht all dieser Mystery-Quatsch, den die Leute erzählen."

„Welchen Quatsch?", fragte Melanie neugierig.

Boris warf ihr einen vorwurfsvollen Blick zu. „Fang gar nicht erst an, darüber zu reden! Sanders ist schon stinksauer auf diesen Idioten, der das Thema im Bus aufgebracht hat. Ich meine, es ist doch nur vernünftig und logisch, dass die Landesregierung die verlassenen Häuser abbrechen lässt und der gesamte Bereich in das Quellschutzgebiet einbezogen wird. Was sollen denn da die Verschwörungstheorien von ‚Sperrzone' und ‚verbotenem Gebiet'? Man will doch nur verhindern, dass die Quellen verunreinigt werden. Hochwertiges Wasser ist etwas Kostbares."

Julian stimmte ihm lebhaft zu und begann von berühmten Quellen zu erzählen, die er mit seinen Eltern – einem Missionarsehepaar – auf ihren Kreuz- und Querfahrten durch die USA kennen gelernt hatte.

Melanie zappelte vor Ungeduld. Da saß sie nun endlich auf Tuchfühlung neben Julian und musste schweigend zuhören, wie er mit diesem Typen über Geysire und Heilquellen palaverte! Am liebsten hätte sie Boris unterm Tisch gegen das Schienbein getreten, so ärgerte sie sich über ihn. Dann kam Pamela und setzte sich an ihre Seite, gleich darauf erschienen auch noch die anderen, und innerhalb weniger Minuten saß sie inmitten einer lebhaften Gruppe, die ihr nicht die geringste Chance ließ, Julian für sich allein zu haben.

Auf dem Tisch standen Kannen mit Früchtetee. Ein blonder Junge mit gel-starrendem Zipfelhaar goss seine Tasse voll, blickte in die rote Flüssigkeit und bemerkte: „Menschenskinder, stellt euch vor, Daniel hätte Recht, und es kam tatsächlich Blut aus den Wasserleitungen!"

Er wollte nähere Einzelheiten anführen, als Boris ihm grob über den Mund fuhr. „Sei bloß still! Seid ihr hier, um ein ernsthaftes Projekt durchzuführen oder um dämliche Gruselgeschichten zu erzählen? Wenn Sanders von eurem Gequatsche hört, ist die Stimmung im Eimer, das kann ich euch sagen. Er ist sowieso schon sauer genug über die Esoteriker – über Typen wie Daniel, meine ich."

Boris allein hätte vielleicht nicht viel erreicht, aber in diesem Augenblick trat Rob Sanders selbst ein, und allen Anwesenden war klar, dass man mit dem besser keinen Streit anfing. Sein scharfer Blick, seine Kommandostimme, die Art, wie er beim Sprechen das Kinn vorschob – alles verriet einen Charakter, der gewohnt war, sich durchzusetzen.

Rob Sanders kam in Begleitung eines jungen Mannes, der offenbar nur widerwillig ins Licht der Öffentlichkeit trat. Er schien ein ausgesprochener Sonderling zu sein. Seine Kleider waren sauber, aber ungebügelt und hingen in knittrigen Falten an ihm, als hätte er sie gekauft, ohne nach der Größe zu fragen. Sein braunes Haar ließ deutlich erkennen, dass es schon längere Zeit von keinem Friseur mehr belästigt worden war; nur über der Stirne war es – vermutlich von ihm selbst – strichgerade abgeschnitten worden. Er trug eine dicke Brille, die seine Augen riesig und irgendwie bedrohlich erscheinen ließ. War das einer der Professoren?

Nein, Sanders stellte ihn vor: „Das ist Rolf Johany, der sich um die Küche kümmert. Zwei von euch werden ihm jeden Tag helfen, Kartoffeln zu schälen, Geschirr abzuwaschen, Gemüse zu putzen – eben alles, was notwendig ist."

Vanessa explodierte, als sie das hörte. Sie sprang mit einem Satz auf. „Das ist eine Frechheit!", schrie sie, puterrot vor Wut. „Ich bin doch nicht hierher gekommen, um die Küchensklavin zu machen! Wenn der da der Koch ist, dann soll er gefälligst auch allein kochen. Dafür wird er ja wohl bezahlt!"

Johany, der mit den Händen in den Taschen reglos dastand, gab keine Antwort, aber Sanders fuhr das Mädchen so heftig an, dass sie sich erschrocken wieder hinsetzte. „Er ist kein Koch. Er ist mein Mitarbeiter, der sich freiwillig bereit erklärt hat, die Oberaufsicht über die Küche und alles andere, was wir so für unser leibliches Wohl brauchen, zu übernehmen. Er ist nicht dazu da, euch die Schuhe zu putzen. Falls dir das nicht passt, hast du noch eine Viertelstunde Zeit, dir zu überlegen, ob du hier bleiben willst, denn dann fährt der Bus zurück. Solltest du dich aber entschließen, hier zu bleiben, dann hältst du dich gefälligst an die Regeln. Okay?" Er legte Johany die Hand auf die Schulter. „Lass dir von den Teenies nichts gefallen, verstanden? Danke, das wär's fürs Erste, wir besprechen uns dann noch."

Der junge Mann nickte Sanders zu und entfernte sich schweigend.

Sanders stieg auf das niedrige Podium am Ende des Raumes und verlangte Aufmerksamkeit. „Fangen wir damit an, Arbeitsgruppen zu bilden – wir wollen ja nicht überall wie eine Büffelhorde durch die Gegend trampeln. Jedes Team bestimmt einen Schriftführer oder eine Schriftführerin, der/die das Gruppenjournal führt. Ihr macht täglich genaue und möglichst ausführliche Aufzeichnungen. Jedes Team arbeitet für sich. Es gibt keine Teamleiter, ihr müsst euch also zusammenraufen und gemeinsame Entscheidungen treffen. Drei Teams zu sechs Personen und eins zu fünf. Und meine beiden Assistenten. Zwei von euch brauche ich nämlich, um den Überblick über das Projekt zu behalten. So … am besten, du machst das, Julian Milford. Und du, Daniel Schneyder. Kommt zu mir."

Die beiden jungen Männer erhoben sich etwas verdutzt und gingen nach vorn aufs Podium, wo sie sich auf die herumstehenden Stühle setzten.

Pamela stieß Melanie in die Seite. „Der ist ganz schön schlau, dieser Sanders", zischelte sie. „Er hat sofort rausgekriegt, wo hier die Probleme lauern. Auf die Art hat er Daniel unter Kontrolle und sorgt gleichzeitig dafür, dass Julian uns nicht von der Arbeit abhält!"

„Die weiteren Gruppen …" Sanders ließ den Blick wie ein General, der seine Truppen mustert, durch den Gemeinschaftsraum schweifen. „Team eins – da nehmen wir Pamela Müller, Melanie Wilmayer, Frank van Winter, Sven Schlagreiter, Jovanka Dobratz und Lucy Krüger. Wer will Schriftführer sein?"

Pamela meldete sich sofort freiwillig als Schriftführerin der Gruppe eins und wurde einstimmig angenommen.

Melanie schluckte schwer an ihrer Enttäuschung. Sie hatte so sehr davon geträumt, die Tage in Murnau Seite an Seite mit Julian zu verbringen. Andererseits war es natürlich immer noch besser, der umschwärmte Star war komplett aus dem Spiel, als dass sie zusehen musste, wie er womöglich mit Katrin und Vanessa in ein Team eingeteilt wurde!

Sie wandte sich um und versuchte herauszufinden, wer in diesem Haufen von fremden Mädchen Jovanka und Lucy waren. Hoffentlich Mädchen, mit denen leicht auszukommen war. Nun, auf jeden Fall war die gute alte Pamela an ihrer Seite, das war ein Lichtblick. So völlig allein unter lauter Fremden hätte sie sich nicht wohl gefühlt.

„Du bist keine gute Freundin, Melanie", flüsterte ihr eine innere Stimme zu. „Wenn du Pamela brauchst, ist sie okay, aber sobald sie dir Konkurrenz zu machen droht, ist sie plötzlich nichts mehr wert. Was würdest du denn sagen, wenn sie dich so behandelte?" Melanie fühlte sich beschämt, wie meistens, wenn diese vertraute heimliche Stimme ihr etwas zu sagen hatte. Nein, nein, Pamela war okay, daran hatte sie ja auch nie gezweifelt. Es war nur diese schreckliche Eifersucht, die einen Keil zwischen sie trieb.

Schuldbewusst griff sie nach der Hand ihrer Freundin. „He, ich bin froh, dass wir zusammen in einem Team sind! Ohne dich wär's mir hier echt gruselig."

„Ja, bin auch froh", wisperte Pamela zurück. „Bin schon gespannt auf die anderen."

Ihre Neugier wurde rasch befriedigt, denn Sanders ließ sie in Gruppen antreten.

Lucy war ein Mäuschen mit dunklem Haar, das schlecht geschnitten um ihr spitzes Gesicht hing. Sie machte einen sehr schüchternen Eindruck, was vielleicht mit ihren ärmlichen und unmodernen Klamotten zusammenhing.

Jovanka war hoch gewachsen und sportlich, mit einer bis zum halben Rücken reichenden, schwarzbraunen Haarmähne, lustigen Augen und einem breiten Mund, den sie mit einem purpurnen, fast schwarzen Lippenstift noch übermäßig betonte. Sie schüttelte den beiden Freundinnen strahlend die Hände. „He, freu ich mich, dass wir beisammen sind!", rief sie. Ein Rest eines ausländischen Akzents klang in ihrer rauchigen Stimme mit. „Und wer sind die Jungen? Kennt ihr sie?"

Sven Schlagreiter und Frank van Winter gesellten sich zu den Mädchen. Sven war ein sympathisch wirkender Bursche, lang und schlaksig, mit kurz geschnittenem Haar und graugrünen Augen. Melanie fiel auf, dass er denselben Familiennamen trug wie Boris, der ihr das morgendliche Gespräch mit Julian verpatzt hatte, und dass er ihm auch ähnlich sah. Also fragte sie ihn danach und erfuhr, dass Boris und Sven Cousins waren. Beide waren in Murnau geboren, hatten den Ort aber noch als Kinder verlassen.

Frank machte einen sehr braven Eindruck: Sein dickes

braunes Haar war kurz geschnitten, seine Kleidung alles andere als pioniermäßig. Er hätte recht hübsch sein können, wären da nicht die tiefe Zornesfalte zwischen den Augenbrauen und der verdrießliche Ausdruck in seinen braunen Augen gewesen.

Jovanka musterte ihn kritisch. „Sag mal, willst du im weißen Hemd und mit Krawatte durch die Wälder kriechen? Ich habe vorsichtshalber meine ältesten Klamotten mitgenommen, in der weisen Voraussicht, dass sie hier sicher kaputtgehen. Hast du nichts anderes mit?" Sie beugte sich vor und studierte den Button an seinem Rockaufschlag. „Du bist einer von den Superfrommen, hm? Bibelschüler?"

Frank zuckte mürrisch die Achseln. „Später. Ich bin ja erst sechzehn. Aber mein Vater ist Pastor."

„Oh – meiner auch!", rief Melanie fröhlich. „Und Svens Großvater war der Pfarrer hier am Ort. Da sind wir ja eine total heilige Versammlung, was?"

„Du solltest nicht darüber spotten", wandte Lucy ein. Sie schien selbst darüber erschrocken, dass sie es gewagt hatte, etwas zu sagen, denn sie zuckte zurück und presste die Lippen aufeinander, um weitere vorlaute Bemerkungen am Entschlüpfen zu hindern.

„Ich habe nicht gespottet, jetzt mach aber mal halblang!", protestierte Melanie. Ihre Laune verdüsterte sich noch weiter. Die beiden waren wohl von der besonders pingeligen Sorte. Wahrscheinlich würde sie auf Schritt und Tritt Ermahnungen abbekommen. Aber was konnte sie dagegen tun? Jetzt saß sie hier schon einmal fest und musste den Dingen ihren Lauf lassen.

Frank hatte offenbar das Gefühl, dass er sein Outfit verteidigen musste, denn er murrte: „Ich wusste ja nicht, was hier für Leute zusammenkommen. Und ich hatte keine Lust, gleich eins auf die Nase zu kriegen, weil ich nicht vorschriftsmäßig gewandet bin. Ich war schon in christlichen Ferienlagern, da wäre so eine schrille Type wie Hanno gleich hochkant rausgeflogen."

„Viel Spaß scheinst du nicht daran zu haben, dass du hier bist", bemerkte Jovanka.

„Och", erwiderte Frank, und sein Gesichtsausdruck wurde noch um einiges finsterer, „für mich ist das hier ein Straflager. Kein Fernsehen, kein Internetsurfen, Gemüsesuppe, kaltes Wasser und früh in die Heia. Hatte Krach mit meinem Vater, deswegen muss ich jetzt sechs Wochen hier abbüßen."

# Die Arbeit beginnt

Melanie wollte gerade fragen, warum er solchen Krach gehabt hatte, aber da wurde das Gespräch unterbrochen. Die Teams wurden angewiesen, sich jeweils an einem der langen Tische zusammenzusetzen. Dann verkündete Rob Sanders das Tagesprogramm. „Der Küchendienst steht um fünf Uhr auf, wir anderen um sechs Uhr. Wir holen Wasser, machen uns frisch und treffen uns um sieben Uhr hier zum Frühstück. Dann beginnen wir mit dem Tagesprogramm. Wir werden viel unterwegs sein, es gibt also häufig ein kaltes Mittagessen. Gegen achtzehn Uhr sind wir wieder hier zum Abendessen – der Küchendienst macht eine Stunde früher Schluss und hilft beim Kochen. Nach dem Essen setzen wir uns zum Plenargespräch zusammen. Die Leute, die dieses Projekt organisiert und finanziert haben, erwarten Ergebnisse von euch – erstklassige Ergebnisse. Ihr werdet euch ordentlich ins Zeug legen müssen, um sie nicht zu enttäuschen."

Pamela, die vor Arbeitseifer förmlich glühte, wandte sich an den Projektleiter: „Herr Sanders, in der Broschüre stand, dass wir auch schriftliche Unterlagen zur Verfügung gestellt bekommen. Was ist damit gemeint?"

„Wir verfügen über eine Bibliothek. Ihr könnt Kopien des Murnauer Kirchenbuches einsehen, außerdem gibt es einige heimatkundliche Werke, auf die wir zurückgreifen können. Die Bücher sind wertvoll, daher kann ich sie euch nur für die Arbeitsstunden ausgeben, aber das sollte genügen. Jedes Team bekommt außerdem einen Laptop, zusätzlich zu denen, die ihr selbst mitgebracht habt. Die Professoren werden ... Aber da kann ich euch das wissenschaftliche Team gleich persönlich vorstellen!"

Während der Projektleiter sprach, erschienen ein älteres Paar und eine zarte, blasse junge Frau, die mit ihrem blonden Pferdeschwanz eher einer Studentin glich als einer ausgewachsenen Wissenschaftlerin.

Sanders stellte zuerst die beiden Älteren vor. *Denen sieht man die Professoren schon von weitem an,* dachte Melanie. Der Theologieprofessor, Victor Wendelin, war ein richtiger Großvatertyp, weißhaarig, übergewichtig und etwas schusselig. Ständig hantierte er an seiner Brille herum, und wenn er redete, wiederholte er meist dreimal, was er gesagt hatte. Die Heimatforscherin hieß Anne Soltau; sie war jünger, etwa fünfzig, grauhaarig, mit Brille. Man sah ihren schmutzverkrusteten Bergschuhen und dem vom Sonnenbrand geröteten Gesicht an, dass sie den Tag über sehr sportlich unterwegs gewesen sein musste. Die Jüngste des Trios hieß Elvira Strohm und war eine frisch gebackene Frau Doktor der Theologie. Sie klebte etwas ängstlich an dem würdevollen Professor Wendelin. Offenbar sah sie sich viel eher als seine Assistentin denn als Kollegin.

Nach der kurzen Vorstellung ordnete Sanders an: „Frau Dr. Soltau wird uns einen Einführungsvortrag halten, dann machen wir einen Rundgang durch unseren Arbeitsbereich und sehen uns das Dorf einmal live an."

Dr. Soltau stieg auf das niedrige Podium und setzte sich dort auf einen Stuhl. Sie lächelte die jungen Leute freundlich, aber auch etwas unsicher an. Wahrscheinlich war sie eher an stilles Arbeiten gewohnt und wusste nicht so recht, was sie mit dieser Horde Jugendlicher anfangen sollte. Sie knetete unruhig die runzligen Hände im Schoß, während sie ihren Vortrag begann. „Das Tal, in dem wir uns befinden, ist zwar schon seit dem Mittelalter bekannt, besiedelt wurde es jedoch erst im späten 17. Jahrhundert. Anlass waren die damalige Verfolgung und Vertreibung Andersgläubiger."

Frau Soltau schilderte, wie schwer es die Protestanten in dem durch und durch katholisch geprägten Erzstift Salzburg hatten, ihre Religion zu leben, was schließlich 1684 zur Vertreibung durch den Erzbischof Maximilian Gandolf von Kuenburg führte.

„Er ordnete nicht nur die unverzügliche Aussiedlung an", erklärte Frau Soltau, „sondern verlangte auch, dass alle Kinder unter 15 Jahren zurückgelassen werden sollten."

Jovanka platzte heraus: „Heißt das, Familien wurden getrennt?"

„Ja, das heißt es", bestätigte Dr. Soltau und nickte. „Die Kinder wurden unter den katholisch gebliebenen Bewohnern des Tales verteilt und sollten zwangsweise im katholischen Glauben erzogen werden." Sie hielt kurz den Atem an. „Die Verstoßenen hofften in Süddeutschland eine neue Heimat zu finden", fuhr sie dann fort. „Aber wegen ihrer Armut begegnete man den Flüchtigen überall mit Misstrauen. Bayern verweigerte ihnen zum Beispiel gar die Ein- und Durchreise. So starben viele unterwegs an Krankheiten, Erschöpfung, Kälte und Hunger. Eine kleine Schar…"

Sanders unterbrach sie. „Entschuldigen Sie die Unterbrechung, Frau Doktor, aber ich würde den Spaziergang durchs Dorf gerne machen, solange es noch hell ist. Ist das okay?"

Also brachen die Teams zu ihrem Rundgang auf. Im Tal war es bereits dämmrig, obwohl oben auf den mächtigen Gipfelplateaus der Gebirgsstöcke noch golden die Sonne glänzte. Blaue Schatten hingen über den fantastischen Felsformationen und den düsteren Riesentannen, die die Hänge bedeckten.

Melanie sog tief die Luft ein. Es roch fremd und seltsam nach Wasser und Nadelwald. Die Kletterer, die sie bei ihrer Ankunft gesehen hatten, waren aus der Spiegelwand verschwunden. Sie saßen jetzt wohl in der Berghütte, dem Mayerhaus, unterhalb des Gipfels der Breiten Mauer beisammen. Man konnte das Haus, das wie ein Adlerhorst auf einer vorgeschobenen Felsnase thronte, vom Tal aus deutlich sehen. Es schien beinahe in der Luft zu hängen. Nebelschwaden, die aus dem Wald aufstiegen, schwebten um die Klippe, auf der es stand, und umhüllten bereits seine Fundamente.

Sanders wandte sich an die Jugendlichen. „Ich sagte euch schon, das Wetter ist hier unberechenbar. Deswegen dürft ihr auf keinen Fall allein irgendwo herumspazieren, weder im Wald noch auf den Felsen. Der Nebel fällt blitzschnell, ihr könnt innerhalb weniger Minuten völlig die Orientierung verlieren."

Hanno, der diese Warnung als Witz auffasste, begann zu wiehern: „Mami, Mami, ich seh' nichts mehr!", wobei er wild herumtorkelte und wie ein Blinder mit den Armen nach allen Seiten tastete.

Sanders warf ihm einen vernichtenden Blick zu. „Hör zu", fauchte er, „wenn es dir Spaß macht, hier den Klassenkasper zu spielen, ist mir das zwar lästig, aber eigentlich egal. Wenn du aber meine Warnungen nicht ernst nimmst, dann ... Okay, kommt mal mit! Ich will euch etwas zeigen. Vielleicht bringt euch das zur Vernunft."

Er führte sie ein Stück den Pfad entlang in Richtung

Dorf. Auf einer Bodenwelle blieb er stehen und deutete nach beiden Seiten. „Seht ihr die Jagdhütte? Seht ihr die Kirche?“

Von allen Seiten kam zustimmendes Gemurmel. Wie sollte man sie auch nicht sehen? Die Jagdhütte lag keine dreihundert Meter entfernt mitten auf der offenen Wiese, die Kirche mit ihrem leuchtend weiß getünchten Turm nicht viel weiter entfernt.

„Gut“, sagte Sanders. „Und jetzt seht euch das hier an.“ Dabei wies er auf einen Bildstock, der etwas abseits des Weges stand.

Die jungen Leute drängten sich – unsicher, worauf er hinauswollte – um das steinerne Kreuz auf seinem Sockel. Da stand eine Inschrift.

Melanie beugte sich vor und las, und ein kalter Schauer rann ihr über den Rücken.

„An dieser Stelle verirrte sich im Nebel und erfror Aloys Beck aus Murnau am 3. September 1822 in seinem 19. Lebensjahr, ein Bergmann und guter Christ.“

Die anderen lasen ebenfalls. Beklommenes Schweigen breitete sich aus. Sogar Hanno hatte es die Sprache verschlagen. Melanie warf einen Blick auf die breite, behäbige Jagdhütte, die zum Greifen nahe vor ihnen lag – aber damals war sie ebenso im Nebel verschwunden wie der hohe Kirchturm. So nahe war der Verirrte der Rettung gewesen, aber er hatte sie nicht gesehen in den dichten bleigrauen Schwaden ... Und das im September, in einem Monat, in dem man doch kaum befürchtete zu erfrieren!

„Haben alle verstanden?“, fragte Sanders scharf. Verlegenes Gemurmel antwortete ihm. „Gut, dann gehen wir weiter.“

Sie erreichten die alte Steinbrücke über den Kaltenbach, über die der Weg auf den Kirchplatz führte. In der Dämmerung machte das ausgestorbene Dorf einen beklemmend trostlosen Eindruck. Auch die Kirche war abgesperrt und trug alle Zeichen langer Vernachlässigung. Am Portal hing ein vergilbter Zettel:

„Die Kirche ist geschlossen. Die Gottesdienste finden in der evangelischen Kirche in Fürstenbrunn statt, jeden Sonntag 11.30 Uhr."

Lucy flüsterte: „Es ist unheimlich. Allein würde ich hier nie herumlaufen."

Die Übrigen der Gruppe waren völlig ihrer Meinung. Sven gestand, dass er sich sogar unbehaglich gefühlt hatte, als das Dorf noch bewohnt gewesen war. „Für meinen Cousin Boris war Murnau immer eine Kultstätte, so eine Art kleines Jerusalem, aber ich mochte es schon als Kind nicht besonders. Es hatte immer etwas Verfallenes, Verwelktes an sich. Man merkte dem Ort ganz deutlich an, dass er keine Zukunft mehr hatte. Die Leute ließen auch alles schleifen, sie hatten kein wirkliches Interesse mehr daran, ihre Häuser instand zu halten oder sich um ihren Besitz zu kümmern. Immer mehr zogen weg..."

Die jungen Leute folgten dem Projektleiter die Straße entlang, die den Bach begleitete. Hier in den Häuschen, die alle gleich aussahen, hatten die Holzknechte und Bergknappen gewohnt. Einmal gab es eine kurze Aufregung, als Hanno, der seine albernen Spielchen nicht lassen konnte, unvermutet aus einem Fenster schaute und schrie: „Huhuu! Ich bin der Geist von Murnau!" Ein paar Mädchen, die sich bei seinem unvermuteten Auftauchen wirklich erschrocken hatten, fielen wütend über ihn her, und Sanders schrie ihn an: „Ich habe euch gesagt, es geht niemand in ein Haus! Die Böden sind morsch, du hättest einbrechen können..."

„Ich war doch bloß im Erdgeschoss!"

„Das ist egal! Was ich sage, das wird gemacht!" Der Mann holte tief Luft und zwang sich mühsam zur Ruhe. „Wenn dergleichen noch einmal vorkommt, fährst du nach Hause. Kapiert?"

Hanno verschwand murrend hinter den Rücken der anderen Teammitglieder.

Melanie blickte ihm nach. Sie dachte: Ich möchte wissen, was dieser Clown in einer christlichen Jugendgruppe zu suchen hat. Wie halten sie den in seiner Heimatgemeinde bloß aus?

Nahe der Stelle, wo die Schlucht sich zum Talkessel öffnete, stießen sie auf ein Denkmal. Eine lebensgroße Gruppe stand da, grob und wuchtig aus dem Kalkstein gehauen: zwei Männer, von denen der eine die Augen mit der Hand beschirmte und in Richtung Tal spähte, während der andere wehmütig zurückblickte. Zwischen ihnen saßen zwei Frauen; die eine las in der Bibel und hielt einen Säugling im Arm, die andere hatte die Arme um zwei größere Kinder geschlungen. In den hohen Sockel waren Verse eingemeißelt:

„Ich bin ein armer Exulant
also muss ich mich schreiben.
Man tut mich aus dem Vaterland
um Gottes Wort vertreiben.
Doch weiß ich wohl,
Herr Jesu mein,
es ist dir auch so gangen,
jetzt soll ich dein Nachfolger sein,
mach's Herr nach dein'm Verlangen!"

Kampf- und Trostlied der Vertriebenen,
gedichtet von Joseph Schaitberger (1658 – 1733)

„Was sind denn Exulanten?", fragte ein Mädchen. „Das Wort habe ich noch nie gehört."

„So nannte man die um ihres Glaubens willen ins Exil gezwungenen Salzburger Protestanten, von denen Frau Dr. Soltau vorhin erzählt hat", erklärte Sanders.

Melanie spürte, wie eine zutiefst melancholische Stimmung sie überkam. Sie war erleichtert, als Sanders den Rundgang für beendet erklärte und ankündigte, sie würden jetzt zur Jagdhütte zurückkehren und dort am Lagerfeuer ihr Abendessen einnehmen. Vorher war allerdings noch einiges an Arbeit zu leisten.

„Ab morgen werdet ihr dem Alphabet nach zu den verschiedenen Arbeiten eingeteilt, aber heute Abend bitte ich um Freiwillige. Wer hilft in der Küche?"

Melanie hob rasch die Hand. Gemüseputzen, dachte sie, war auf jeden Fall weniger schlimm als Wasser oder Holz schleppen. Außerdem war sie dann drinnen im Haus und musste nicht in der nebelfeuchten Dämmerung herumlaufen.

Lucy folgte ihrem Beispiel. Als die beiden Mädchen auf die Hütte zueilten, gestand Lucy, dass sie sich ebenfalls zum Küchendienst gemeldet hatte, weil sie sich fürchtete, im Halbdunkel Wasser holen zu müssen. „Aber ich fürchte mich auch vor dem Mann, diesem Johansen."

„Johany", korrigierte Melanie. „Findest du ihn wirklich so schrecklich?"

„Nein, nicht gerade schrecklich, aber merkwürdig, irgendwie ... ach, ich weiß nicht, wie ich es sagen soll. Ich bin überhaupt so furchtsam. Ich sage mir immer, wenn ich wirklich gläubig wäre, dürfte ich nicht so viel Angst haben, denn dann hätte ich das Vertrauen, dass Gott immer an meiner Seite ist. Aber es hilft nichts. Ich bin schrecklich kleingläubig."

Melanie lächelte sie an und klopfte ihr auf die Schulter. „Mag sein, aber wenigstens bist du ehrlich. Ich habe auch Angst, aber ich hätte es nicht zugegeben. Komm, wir wollen nachsehen, was der schreckliche Johany für Aufgaben für uns hat."

Der Küchenchef erwies sich jedoch als durchaus freundlich, wenn auch sehr zurückhaltend. Melanie versuchte mehrmals, den Mann in ein Gespräch zu ziehen – vergeblich. Er stellte sich taub. Entweder tat er, als lauschte er angespannt dem auf einem Wandbrett vor sich hin schwatzenden Radio, dann wieder beschäftigte er sich hingebungsvoll mit den Vorbereitungen zum Abendessen. Auf dem Tisch lag ein Berg eben aufgetautes rohes Fleisch, das er durch einen altmodischen, handbetriebenen Wolf drehte, in einer Schüssel würzte und zu Buletten formte, während die beiden Mädchen die gekochten Kartoffel schälten und zu Salat schnitten.

Melanie deutete auf die freundlich leuchtende Lampe an der Küchendecke. „Also, wenn wir auch kein fließendes Wasser haben, Strom haben wir jedenfalls."

Johany blickte sie über die Schulter hinweg an und schüttelte den Kopf. Er sprach leise und in einem Ton, als teilte er ihr streng gehütete Geheimnisse mit. „Keine Stromleitung mehr. Wir haben hier einen Generator. Die Strom- und Telefonleitung sind schon letzten Winter gekappt worden."

Melanie starrte ihn an. „Heißt das, es gibt auch keinen Internetanschluss?"

„In Fürstenbrunn gibt es ein Internetcafé."

„Hier, meine ich! Mein Vater erwartet, dass ich ihm eine E-Mail schicke, ob ich gut angekommen bin!“

Johany seufzte, um anzudeuten, dass er sich durch ihre Fragen belästigt fühlte. „Kannst ja telefonieren. Oder hast du kein Handy? Allerdings ist der Empfang hier im Tal schlecht. Tote Zone.“

# Licht in der Finsternis

„Oh Mann ...“, murmelte Melanie. Wie hatte Frank van Winter gesagt? Straflager! Kein Computer, kein Telefon, kein Fernsehen, kein fließendes Wasser. Wahrscheinlich heulten nachts hungrige Wölfe unter den Fenstern, und Bären kratzten an der Tür. Ein bisschen viel Pionier-Abenteuer auf einmal!

Sie zog die rot karierten Vorhänge beiseite und spähte durch das Fenster. Aus dem Zwielicht war eine tiefe Schwärze geworden, als säßen sie auf dem Grund eines Bergwerksschachtes. Das einzige erkennbare Licht war die Lampe, die über ihnen an der Mauer der Berghütte brannte. Aber immerhin verbreiteten die Buletten, die in der riesigen Pfanne brieten, einen leckeren Duft.

Draußen züngelte eine Flamme auf, gleich darauf eine weitere. Rötliches Licht erhellte die Wiese und die Gruppe junger Leute, die um das Lagerfeuer herumstand. Melanie atmete unwillkürlich ein. Nicht zu glauben, wie schön ein Feuer war, wenn es in einer wirklichen Finsternis brannte! Mit der Jugendgruppe der Gemeinde waren sie zwar schon öfter zum Grillen gefahren, aber die Wiese am Fluss, wo sich die öffentlichen Grillplätze befanden, war von langen Reihen Neonlampen erhellt, die Autos warteten gleich um die Ecke auf dem Parkplatz, und fünfzig Meter entfernt glänzten die Neonreklamen einer Kneipe, aus der laute Discomusik drang.

„Ihr könnt die Buletten, schon mal raustragen“, ordnete Rolf Johany an und wies auf eine mächtige Blechschüssel mit zwei Henkeln, die bis obenhin mit einer Ladung gefüllt war. „Den Salat auch. Zum Teeholen nehmt ein paar Helfer mit, sonst müsst ihr ziemlich oft rennen."

Nach der Wärme in der Küche war es draußen empfindlich kühl, und sie mussten erst ein paar Mal blinzeln, bis sich ihre Augen an die Umstellung gewöhnt hatten und sie den Wiesenpfad als grauen Streifen vor sich sahen.

Die Schwärze irritierte Melanie. Wäre da nicht das Lagerfeuer gewesen, sie hätte nicht einmal gewusst, wo links und rechts war! Plötzlich ging es ihr durch den Kopf, ob das wohl der Grund dafür war, warum in der Bibel so oft vom „Licht in der Finsternis" die Rede war. Klar, die Wüstenväter hatten genau gewusst, wie das war, wenn man im Dunkeln saß, wirklich im Dunkeln, wenn man rundum nur schwarze Katzen im Kohlenkeller sah, und was es bedeutete – welche jubelnde Erleichterung, welche Gewissheit, gerettet zu sein – wenn dann irgendwo ein Licht aufleuchtete!

Die beiden Mädchen tapsten vorsichtig auf das Feuer zu. Das wäre eine Katastrophe gewesen, wenn sie gestolpert wären und Salat und Fleisch in die taufeuchte Wiese ausgeleert hätten! Sie kamen jedoch wohlbehalten an.

Das Essen wurde mit lebhafter Freude begrüßt. „He, lasst uns auch was übrig!", rief Melanie, als sich alle auf die Schüssel stürzen wollten. „Wir müssen noch den Tee holen. Wer hilft uns?"

Ein fülliger blonder Junge sprang auf. „Ich!" Sven meldete sich ebenfalls freiwillig. Zu viert liefen sie in die Küche zurück und holten die Kannen mit heißem Tee. Rolf Johany folgte mit der fünften und letzten.

Melanie blieb außerhalb der Gruppe stehen, holte ihr Handy heraus und rief ihre Eltern an. Ihre Mutter hatte wohl auf den Anruf gewartet, denn sie meldete sich sofort.

Aber Johany hatte Recht gehabt – der Empfang war schauderhaft. Melanie gelang es gerade noch, ihr mitzuteilen, dass es keinen Internetanschluss gab und das Handy nur beschränkt funktionierte, dann krachte und summte es nur noch, und sie musste abbrechen.

Wie sollte das werden – sechs Wochen ohne Handy?

Sie spürte, wie der kalte Nachtwind durch ihre Jacke drang. Es fühlte sich an, als tasteten Geisterfinger über ihren Rücken.

Keine zwanzig Meter vom Feuer entfernt war es kalt und finster. Die Tannen rauschten, der Bach rauschte. Einmal bröckelte irgendwo in den verwitterten Felsmauern ein Stein ab und kollerte über eine Geröllhalde in die Tiefe.

Melanie, die fröstelnd am Rand der Finsternis stand, musste plötzlich daran denken, wie lange der Heimliche Grund vom Getriebe der erwachenden Menschenwelt draußen unbelästigt geblieben war.

Schlagartig hatte Melanie das Gefühl, dass die immer noch wilde Natur rundum sie mit einer dumpfen Feindseligkeit betrachtete, auf den Augenblick lauernd, in dem das Feuer erlosch und die Menschen hilflos in der Finsternis herumstolperten. Der Bergmann fiel ihr ein, den der eisige Nebel verschlungen hatte, sodass er in Reichweite der rettenden Hütte erfroren war. Angst überkam sie. Sie hielt es nicht länger aus, abseits zu stehen, und hastete zurück zum Feuer.

Als sie sich am Feuer niederließ, wandte der Junge mit dem blonden Krauskopf sich an Melanie. „Hi. Ich bin Semjon. Und du?“

„Melanie Wilmayer. Semjon? Ist das russisch?“

„Ja. Semjon Baranow in voller Länge.“

„Du sprichst perfekt Deutsch.“

Er lachte. „Na ja, kein Wunder – wir sind schon in der dritten Generation in Deutschland. Meine Eltern wollten mir auch einen echt deutschen Namen verpassen, Uwe oder Dirk oder Heiner, irgendwas in der Richtung, aber die Großeltern bestanden auf einem Namen in der Familientradition. Okay, nichts dagegen zu sagen. Aber viele Leute denken, dass ich Sam John heiße."

Semjon, der das Kunststück fertig brachte, gleichzeitig kräftig reinzuhauen und verständlich zu reden, fuhr fort: „Kennt ihr den Witz, wie ein Mann zur Behörde kommt und sagt: ‚Ich habe Probleme mit meinem Namen. Kann ich den ändern? Ich heiße Peter Baggehufwudt.' – ‚Ja, in dem Fall geht das sicher. Wie möchten Sie denn heißen?' – ‚*Franz* Baggehufwudt!'"

Melanie lachte herzlich, obwohl sie den Witz ziemlich kindisch fand. Semjon gefiel ihr. Klar, mit seinem Mondgesicht und dem Bäuchlein, das sich vergeblich unter einer ärmellosen Weste zu verstecken versuchte, war er vom Äußeren her kein Traumboy, aber er strahlte förmlich vor Freundlichkeit und guter Laune.

Lucy, die mit hochgezogenen Knien fröstelnd am Feuer hockte, war offenbar derselben Meinung, denn Melanie bemerkte, wie ein schüchternes Lächeln über ihr Gesicht huschte. Schließlich wagte sie sogar die Bemerkung: „Das ist echt witzig ... Wenn ich mir vorstelle, ich hieße Lucy Baggehufwudt ..." Sie begann zu kichern.

Sanders trat ins volle Licht des Feuers und bat um Aufmerksamkeit. „So, das war's für heute. Ich hoffe, ihr hattet einen schönen ersten Tag in Murnau. Wir haben hier unsere eigene Art ‚gute Nacht' und ‚guten Morgen' zu sagen, und ich denke, sie ist hübscher als ein elektrischer Wecker. Rolf? Fertig?"

Der junge Mann stand auf, und Melanie sah erstaunt, wie er ein Waldhorn an die Lippen hob. Er blies ein paar lange, melodische Töne, die als fernes Echo von den Felsklippen widerhallten.

„Das heißt ‚gute Nacht'", erklärte Rob Sanders. „Rolf wird euch auch morgen wecken, nur der Küchendienst muss sich seinen eigenen Wecker stellen. So, nun auf in die Betten und nicht vergessen: Nachtruhe heißt hier Nacht-RUHE!"

Melanie hätte gerne noch weiter am Feuer gesessen, aber als sie zur Jagdhütte zurückstapften, spürte sie schlagartig in allen Knochen die Müdigkeit. Also hieß es: Waschen und rasch ins Bett!

Sie stieg in den Anbau hinunter und stellte fest, dass er äußerst unfreundlich wirkte. Je eine wacklige Schwingtür führte links in die Abteilung für die Männer, rechts für die Frauen. Die Toiletten sahen auf den ersten Blick total modern aus, aber dann stellte Melanie fest, dass sie keine Spülung hatten – ja dass die Porzellanschüsseln nur eine Art Attrappen waren, die ein altväterisches Plumpsklo verdeckten! Unter den Waschbecken standen Plastikeimer, und ein Pappschild im Winkel mahnte: „Sparsam mit dem Wasser umgehen! Gebrauchtes Waschwasser = Spülwasser für die Toiletten!"

Wasserhähne gab es auch keine, nur zwei Eimer voll frischem Wasser und eine hölzerne Schöpfkelle, wie man sie in der Sauna zum Aufguss verwendete. Melanie füllte das Waschbecken voll, tauchte die Hände ein – und schrie erstickt auf. Das Wasser war so eisig kalt, dass ihre Hände schmerzten!

Melanie war sonst sehr pingelig, was Sauberkeit anging, aber für diesmal ließ sie das Waschen bleiben. Eiskaltes

Wasser in einem muffigen, feuchtkalten Anbau, das war zu viel verlangt! Sie beeilte sich, in den Schlafraum und ins Bett zu kommen.

Auch die anderen Mädchen waren müde und verzichteten beim Zubettgehen auf das sonst übliche Gekicher und Gealbere. Sie schlüpften hastig in ihre Pyjamas und Nachthemden und krochen unter die flauschigen Wolldecken. Dann wurde das Licht gelöscht, und nur das Herumwälzen und Herumkrabbeln auf verschiedenen Lagerstätten verrieten, dass nicht alle auf dem ungewohnten Lager sofort einschlafen konnten.

Melanie gehörte zu ihnen. Vor allem war es die Stille, die sie irritierte. Erst waren von jenseits des Korridors noch Geräusche zu hören, als die Erwachsenen ihre Zimmer aufsuchten, aber rasch breitete sich ein tiefes, beängstigendes Schweigen über das einsame Haus. Gut, sie waren rund dreißig Personen – aber was war das schon gegen die finstere Stille da draußen? Es war, als ärgerten sich die Berge darüber, dass noch immer nicht Schluss war mit dem lästigen Menschengeziefer. Da hatten sie gedacht, die Murnauer seien endlich abgezogen, und nun kamen wieder Menschen daher mit ihrem Feuer, ihren lärmenden Stimmen und ihrem Fußgetrappel.

Melanie warf sich unruhig hin und her. Sie fühlte sich selbst im Schutz des Hauses winzig und verletzlich angesichts der Einsamkeit, die sie umgab. Zum ersten Mal in ihrem Leben erschien ihr die Natur als eine Kraft, die den Menschen nicht wohl wollte, eine Kraft, die ihre eigenen Pläne und Ziele verfolgte. Der Gedanke kam ihr, was passieren würde, wenn der Stromgenerator ausfiel. So etwas konnte leicht passieren. Dann hatten sie kein Licht und auch keinen Kühlschrank. Überhaupt, wo bekamen sie eigentlich ihr Essen her? Wurde das von Fürstenbrunn geliefert? Und wenn es regnete, wenn der Kalte Gang überschwemmt war, was dann?

Sie fühlte sich zusehends unbehaglicher. Es war ein Fehler gewesen, ungewaschen ins Bett zu gehen. Ihr war heiß, ihre Haut schien an den Decken zu kleben. Sie spürte mehr und mehr, dass sie nicht einschlafen konnte, bevor sie sich nicht gründlich mit kaltem Wasser abgewaschen hatte. Schließlich wurde der Zustand so unerträglich, dass sie so leise wie möglich vom Matratzenlager herunterkroch und zur Türe hinausschlich.

Im Haus war es kalt und dunkel. Überall herrschte tiefe Stille. Obwohl sie in ihren weichen Pantoffeln so leise wie nur möglich die Treppe hinunterstieg, schien jedes kleinste Knacken der Bretter vom Keller bis zum Dachboden durchs Haus zu hallen. Einen Moment überlegte sie, was sie machen sollte, wenn die Haustüre versperrt war, aber die war nicht nur unverschlossen, sie stand sogar einen Spalt weit offen.

Melanie blieb zögernd stehen. Das hieß, dass auch jemand anderer in den Anbau hinuntergestiegen war!

Sie schob die Tür mit äußerster Vorsicht ein Stück weiter auf und spähte hinaus. Licht schimmerte keines durch die schlitzförmigen Fenster des Waschhauses. War also doch niemand da unten? Warum stand dann aber die Haustür offen?

Im nächsten Moment erschrak sie so sehr, dass sie beinahe aufgeschrien hätte, denn unmittelbar hinter der Hausecke wurde eine Stimme laut – ohne Zweifel die von Rob Sanders. Melanie hörte ihn in scharfem Ton sagen: „Kein Wort davon! Ich will nicht, dass die jungen Leute auch nur von ihrer Existenz erfahren. Auf deinem Grund und Boden kannst du machen, was du willst, aber das Tal hier gehört nicht dem Steiner!"

„Richtig, richtig", antwortete eine tiefe Männerstimme spöttisch. „Es gehört aber auch nicht dem Sanders. Die Zeiten, wo der Heimliche Grund vom einen Ende bis zum anderen Eigentum von euch Geldsäcken war, sind vorbei. Was willst du denn machen, wenn ich keine Lust habe, mir von dir Vorschriften machen zu lassen? Sollen meine Gäste vielleicht auch spurlos verschwinden, so wie alle anderen, die von deiner Familie unerwünscht waren?"

„Fängst du jetzt wieder damit an?", fragte Sanders. Er lachte, aber es war deutlich zu hören, wie wütend er war. „Dass das dumme Geschwätz aber auch nie aufhört!"

„Tja, manche Dinge finden keine Ruhe, solange sie nicht ans Licht gekommen sind", entgegnete Steiner. „Aber hör zu, ich denke nicht daran, meine Gäste zu verstecken, nur weil hier ein paar fromme Fratzen herumlaufen. Wie sie miteinander auskommen, geht mich nichts an. Ich werde ihnen mitteilen, dass sie bei euch nicht willkommen sind, dann macht die Sache untereinander aus. Ich muss mich nur drum kümmern..."

„... wo das Geld herkommt, was?", fiel ihm Sanders verächtlich ins Wort. „Dafür spielst du den Kasper für dieses verrückte Gesocks! Dass du dich nicht schämst, Steiner, bei diesem Affenzirkus mitzumachen! Du hast..."

Steiner lachte laut, rief dem anderen ein „Gute Nacht" zu und stapfte davon.

Melanie huschte, so schnell sie in der Dunkelheit konnte, die Treppe hinauf. Sie hatte nicht die geringste Lust, jetzt von Sanders ertappt zu werden, der offenkundig in sehr übler Laune war. Er würde natürlich denken, sie hätte absichtlich gelauscht, was sonst? Und der Inhalt des Gesprächs war von einer Art gewesen, dass er sicher keine Freude an einer heimlichen Zuhörerin hatte.

Sie war schon oben an der Türe der Dachkammer, als sie ihn ins Haus zurückkehren und die Türe hinter sich verriegeln hörte. Zu ihrer Erleichterung kam er nicht die Treppe herauf, sondern ging in die Küche.

Nun konnte Melanie erst recht nicht schlafen. Sie kroch auf ihr Lager und zog sich die Decke über die Ohren, aber das belauschte Gespräch ließ sie nicht ruhen. Was waren das für mysteriöse Gäste, die der Mann namens Steiner beherbergte? Gäste, mit denen er die Projektteilnehmer offenbar auch bekannt machen wollte, was Sanders sich aber aufs Schärfste verbat. Waren es ebenfalls Jugendliche? Was war mit ihnen los, dass der Projektleiter absolut keinen Kontakt wünschte? Und das Schlimmste: Was hatte der Hinweis zu bedeuten, dass Leute, die von der Familie Sanders unerwünscht waren, spurlos verschwanden?

Allmählich döste sie ein, aber der Vortrag, den sie am Abend gehört hatte, kehrte als Albtraum wieder. Sie träumte, dass Soldaten das Haus ihrer Eltern umringten, Dutzende von vermummten Männern, die bis an die Zähne bewaffnet waren. Zwei von ihnen brachen in Melanies Zimmer ein und zerrten sie aus dem Bett, ohne auf ihre Schreie und Proteste zu hören. Sie wurde in einen hohen, eiskalten Raum gebracht, in dem nur eine einzige flackernde Kerze brannte, die tanzende Schatten an den Wänden hervorrief.

Melanie fror. Sie lief mit nackten Füßen über den Boden, dessen Kälte bei jedem Schritt auf ihren Sohlen brannte. Sie suchte ihre Eltern, fand sie aber nicht.

Urplötzlich fand sich Melanie vor einem Vorhang wieder, der eine Öffnung in der Mauer verdeckte. Sie dachte: Vielleicht kann ich durch diese Öffnung fliehen und nach Hause zurückkehren? Vielleicht finde ich meine Eltern wieder?

Aber als sie den Vorhang beiseite schob und hinausspähte, sah sie draußen nur eine nebelverhangene Ebene. Ein Zug gebückter Gestalten schlich kraftlos durch den wirbelnden Schnee. Melanie dachte entsetzt: *Wohin wollen sie denn? Es gibt hier keine Ortschaft, alles verschwindet im Nebel. Sie werden erfrieren ... und was wird aus mir? Soll ich mich ihnen vielleicht anschließen?*

Sie fuhr so abrupt aus dem Schlaf hoch, dass ihr schwindlig wurde und sie sich rasch wieder hinlegen musste. Was für ein scheußlicher Traum!

Dabei hatte der Vortrag sie anfangs gar nicht sonderlich beeindruckt. Sicher, das war alles recht traurig zu hören, auch die steinerne Menschengruppe am Taleingang war anrührend, aber schließlich hatte sich das alles vor dreihundert Jahren abgespielt. *Heute,* dachte sie, *ist doch alles in Ordnung. Kein Mensch fragt mehr danach, welchen Glauben sein Nachbar hat. Katholiken und Protestanten leben friedlich zusammen, heiraten untereinander und fangen sogar schon an, gemeinsam das Abendmahl zu feiern.*

Nein, Glaubenshass fiel in dieselbe Kategorie wie die Pocken: früher einmal virulent und lebensgefährlich, heute aber längst erloschen. Jedenfalls bei den Christen. Sicher, es gab auch junge Leute, die lachten, wenn sie hörten, dass Melanie das, was ihr Vater predigte, auch wirklich glaubte. Sie erinnerte sich noch genau an ein Mädchen, das zu ihr gesagt hatte: „Das ist ja nett für kleine Kinder, aber mit vierzehn wird es allmählich Zeit, dass du dich von deinem Papa löst und einen erwachsenen Standpunkt einnimmst." Und eine Schulkameradin hatte sie einmal „ätzende Kirchenmaus“ genannt, weil sie keine Witze über Jesus hören wollte. Aber das war ja doch kein Glaubenshass wie damals.

So lag sie still da, den Kopf auf das Polster gepresst. Rund um sie herum schliefen die Mädchen tief und fest. Keine von ihnen schien an Albträumen zu leiden.

# Aufstieg zur Fuchsengrotte

Der Ruf des Waldhorns – diesmal nicht sanft und melancholisch wie am Abend, sondern laut schmetternd – weckte Melanie. Sie fuhr verwirrt hoch.

Wo bin ich?

Hatte sie zuletzt doch noch geschlafen? Dann setzte allmählich die Erinnerung ein. Sie blickte zum Fenster auf. Strahlend goldener Sonnenschein leuchtete draußen.

Rund um sie erwachten die übrigen Mädchen, dehnten und reckten sich. Ein paar maulten über das frühe Wecken, andere sprangen munter auf, stürzten zum Fenster und riefen: „Es ist ein wunderschöner Tag! Kommt, steht auf, ihr Schlafmützen!"

Melanie fuhr in ihre Pantoffeln, warf den Bademantel über und eilte die Treppe hinunter. Der Duft von frisch gebrühtem Kaffee drang aus dem Gemeinschaftsraum. Na, wenigstens gab es Kaffee zum Frühstück und nicht „pioniermäßige" Ziegenmilch oder kaltes Quellwasser!

Aber frostig war es hier am Morgen, du liebe Zeit! Über der Wiese und in den Bäumen hingen noch feuchte Nebelschwaden, die Luft war gesättigt von der Nachtkälte. Fröstelnd huschte Melanie in den Anbau, stieß die Schwingtür zum Frauenabteil auf und schöpfte aus einem der bereit stehenden Eimer Wasser ins Becken. Diesmal war sie zwar auf den Schock gefasst, dennoch begnügte sie sich damit, lediglich Hände und Gesicht zu waschen. So, schnell in die Klamotten und dann hinauf in den Gemeinschaftsraum! So durchfroren war sie, dass sie sogar vergaß, sich einen Platz neben Julian zu sichern, sondern sich mit ihrem Kaffeehumpen in Händen an die Wand zur Küche lehnte, die von dem mächtigen Herd auf der anderen Seite wohlig durchwärmt war. Wenigstens der Rücken wurde auf diese Weise warm.

Die Übrigen erschienen ebenfalls schnaubend, prustend, Hände reibend und mit heftigen Worten über die Morgenkälte. Im Allgemeinen aber waren alle in fröhlicher und unternehmungslustiger Stimmung. Sie hörten interessiert zu, als Sanders das Tagesprogramm bekannt gab. „Nach dem Frühstück holt ihr euch eure Mittagspakete an der Durchreiche. Punkt acht Uhr ist Abmarsch. Feste Schuhe und warme Jacken sind Pflicht! Wir werden auch ein Stück in die Höhle hineingehen, also nehmt eure Taschenlampen mit. Und noch einmal: Niemand trennt sich von der Gruppe! Ich habe keine Lust, irgendeinen von euch aus einem Höhlenschacht rausziehen zu müssen!"

Als sie dann losmarschierten, war es bereits viel wärmer geworden. Die letzten Nebelfahnen waren verschwunden. Der würzige Duft des Tannenwalds schwebte in der Luft. Melanie geriet in ausgesprochene Ferienstimmung. Sie trabte munter drauflos.

Rob Sanders, Rolf Johany, Frau Soltau und Frau Strohm, die Theologin, begleiteten das Team. Professor Wendelin hatte sich entschuldigt: Fürs Bergsteigen sei er zu alt und zu unsportlich. Er würde den Tag nutzen, um einen Spaziergang durchs Dorf zu machen und einige der langsam verfallenden Häuser zu zeichnen.

Melanie hatte vorgehabt, sich bei erster Gelegenheit an Julian heranzupirschen, aber zwei der Jungen hängten sich gleich nach dem Abmarsch an sie und bemühten sich auffällig darum, an ihrer Seite zu bleiben: Semjon Baranow und Frank van Winter. Frank hatte in seinem Koffer dann doch noch Passenderes gefunden als Hemd und Krawatte, obwohl ein weißes T-Shirt und eine weiße Jeansjacke für einen solchen Waldläuferurlaub auch nicht besonders geeignet erschienen.

„Na?", sprach sie ihn an. „Jetzt sieht es aber nicht mehr nach Straflager aus, oder? Ist doch ein wunderschöner Tag heute! Warum murrst du noch so herum?"

Der Junge grinste – ein fieses Grinsen, fand Melanie. „Warum? Wenn mein Vater draufkommt, dass ich mich hier amüsiere, holt er mich sofort nach Hause. Schließlich bin ich zur Strafe hier."

Sie blickte ihn zweifelnd an. „Im Ernst? Das glaube ich nicht."

Er gab einen Punkt nach. „Na ja – zur Besserung, sagen wir so. Er meint, ich brauche das: Frische Luft, ein volles Tagesprogramm, früh zu Bett und christliche Gesellschaft."

„Ist doch nicht so schlimm, oder?", mischte sich Semjon ein. Für seine Körperfülle war der Junge erstaunlich gut zu Fuß, wie Melanie feststellte. Er hielt mühelos mit ihr und Frank Schritt. „Ich bin sehr froh, dass ich hier sein kann. Jedenfalls ist das viel interessanter, als zu Hause in einer sommerlich ausgestorbenen Stadt zu hocken und zuzusehen, wie überall die Straßen aufgebuddelt werden."

„Fahrt ihr denn nicht in Urlaub?", fragte Melanie.

„Urlaub ist bei uns nicht drin. Meine Eltern haben ein winziges Geschäft: Schuhreparatur, Schlüsselanfertigung, Socken, Handys, Batterien. Damit wird man nicht reich." Er sah sich zufrieden nach allen Seiten um. „Herrlich ist es hier. Und auch noch spannend und aufregend."

„Was ist denn hier spannend?", fragte Frank in ätzendem Ton.

Semjon blinzelte ihm zu. „Na, das Geheimnis. Das steht

zwar nicht auf dem offiziellen Programm, aber vielleicht finden wir es ja heraus."

„Meinst du diesen Quatsch, den Daniel von sich gibt?" Frank schnitt ein zutiefst verächtliches Gesicht. „Der hat sie doch nicht alle. Morgen wird er uns erzählen, dass hier UFOs landen und kleine grüne Aliens nachts um das Haus schwirren. Mann, diese Geschichte mit dem Blut in der Wasserleitung, das ist doch absurd. Wenn da überhaupt was Rotes rausgekommen ist und die Leute sich das nicht nur eingebildet haben, dann war es Rost, was sonst? Und von wegen Spukhaus!" Er deutete mit einer Kopfbewegung zur nördlichen Talseite hinüber, wo das ehemalige Hotel in seiner verrotteten Eleganz über die Baumwipfel hinausragte. „Jedes vergammelte alte Haus sieht wie ein Spukhaus aus, oder?"

„Daniel erzählt eine Menge Quatsch, das stimmt schon", gab Semjon zu. „Aber dass Menschen im Hotel spurlos verschwunden sind, mehr als einmal, das stimmt auch. Als ich mich für das Projekt angemeldet habe, habe ich viel im Internet recherchiert. Schließlich wollte ich nicht total unbeleckt hier erscheinen. Und da bin ich auf alle die Zeitungsmeldungen gestoßen. Ich ..." Er brach hastig ab, denn Sanders, der an der Wandergruppe entlang auf und ab ging, war in Hörweite gekommen.

Am Ende der erbsengrünen Rasenfläche, die sich zu beiden Seiten des Kaltenbaches über den gesamten Talgrund erstreckte, stieg der Pfad in steilen Zickzackwindungen durch den Hochwald an. Die Gespräche verstummten, denn die meisten Jugendlichen gerieten außer Atem, als sie zwischen den Tannen bergauf stapften. Melanie merkte ebenfalls, wie ihre Waden schmerzten und ihr die Luft knapp wurde – aber schön war es im Heimlichen Grund, wunderschön! Die Sonnenstrahlen, die von oben einfielen, erleuchteten die Wipfel der Bäume, während darunter ein geheimnisvolles Halbdunkel herrschte. Hin und wieder überquerte der Pfad eine Lichtung, auf der kniehoch zartgrünes, unberührtes Gras stand.

Zwei Stunden folgten sie dem Pfad. Dann erreichten sie, schon oberhalb der Baumgrenze, den Fuß der Spiegelwand. Schwindelerregend hoch ragten die glatten, grauen Felsmauern über ihnen auf. Der Pfad führte über eine Geröllhalde, und überraschend tauchte der Eingang der Höhle vor ihnen auf. Wie ein breites, grinsendes Maul öffnete sich eine Querspalte in den Felsen, gerade hoch genug, dass ein Mann aufrecht hineintreten konnte. Dahinter lag ein dunkler Raum mit gewölbter Decke, dessen Hintergrund in den Schatten verschwand.

In der Höhle war es kühl. Wie weit sie in den Berg hineinreichte, war auf den ersten Blick nicht zu erkennen, denn der rückwärtige Teil lag hinter einer Steinschwelle verborgen, aber ein schwacher Luftzug war fühlbar, der von dort herüberwehte. Viel war nicht zu sehen: Das Licht der Taschenlampen erhellte ein niedriges, unregelmäßiges Gewölbe, kahl und unfreundlich. An der Decke waren Rußspuren zu erkennen. Die Wände waren an vielen Stellen zerkratzt und mit dummen Sprüchen beschmiert: „Wir waren hier, wo wart ihr?"

„Sieht nicht gerade aufregend aus", bemerkte Daniel, der, puterrot im Gesicht, schnaufend und prustend die Geröllhalde erklommen hatte. „Und dafür haben wir uns die Füße abgelatscht?"

Als sie die Steinschwelle umrundeten, entdeckten sie, dass die Höhle tief in den Berg hineinreichte. Der Eingangsstollen verzweigte sich nach wenigen Metern und führte in verschiedene, im Licht der Taschenlampen nur undeutlich erkennbare Kammern. Ein starkes Stahlgitter versperrte den weiteren Zugang. Das Pappschild daran warnte: „*Betreten der Höhle verboten! Lebensgefahr!*“

„Hier, an dieser Stelle“, erklärte Dr. Soltau, „begann die Geschichte des Murnauer Tales. Eine kleine Schar der Vertriebenen aus dem Deferegger Tal, etwa hundert Menschen, gelangte durch Zufall – oder göttliche Fügung – in den Heimlichen Grund. Sie hatten einen Pass über die Berge gesucht, sich aber in den verschneiten Wäldern verirrt. Erschöpft, halb verhungert, verängstigt fanden sie in den tiefen Stollen der Fuchsengrotte Zuflucht. Sie muss unseren erschöpften Wanderern als ein wahres Gottesgeschenk erschienen sein, denn das Innere ist windgeschützt und relativ warm – acht Grad Celsius das ganze Jahr über –, und es gibt mehrere Quellen, wo das Wasser durch den Kalkstein sickert, ebenso genug natürliche Schlote, um im Inneren Feuer machen zu können, ohne im Rauch zu ersticken und ohne von außen gesehen zu werden. In späterer Zeit dachten die Murnauer an ihre Höhlenzeit zurück wie die Kinder Israels an ihre Wanderung in der Wüste.“

Sie trat an den Eingang der Grotte. „Seht mal!“, sagte sie und wies mit ausgestrecktem Arm auf das Hotel, das sich genau gegenüber jenseits des Tales am Berghang erhob. „Zu der Zeit, als es mit Murnau bereits moralisch bergab ging, wohnte in der Höhle ein frommer Mann mit Namen Peter Johany. Er lebte das ganze Jahr als Einsiedler hier. Jede Nacht zündete er ein Feuer an, um die Leute unten im Dorf – und vor allem die drüben im Sanders-Haus – daran zu erinnern, woher sie gekommen waren und mit welchen Absichten ihre Vorväter ihr Lager im Heimlichen Grund aufgeschlagen hatten.“

„Und?", fragte Frank mit abschätzigem Unterton. „Hat es etwas genützt?"

„Nein. Er wohnte vier Jahre in der Höhle, dann verschwand er plötzlich spurlos. Vielleicht war er gestorben, und die wilden Tiere hatten seinen Leichnam verschleppt, oder ein einsam streifender Wolf oder Bär hatte ihn angefallen. Vielleicht war er auch zu tief in die Höhlengänge eingedrungen und zu Tode gestürzt."

Sanders ergänzte: „Wie tief die Gänge in den Berg hineinreichen, hat bis jetzt noch niemand festgestellt, obwohl bereits mehrere Expeditionen von erfahrenen Höhlenforschern unternommen wurden. Kalksteinhöhlen sind oft mit Wasser gefüllt, das machte es unmöglich, weiter vorzudringen."

Semjon murmelte dicht neben Melanies Ohr: „Ich könnte mir noch eine weitere Möglichkeit für das Verschwinden des Eremiten vorstellen, aber Dr. Soltau ist sicher zu höflich, die vor Rob Sanders zu erwähnen."

„Du meinst, jemand hat ihn umgebracht?", wisperte Melanie zurück, nachdem sie sich sorgfältig vergewissert hatte, dass Sanders und sein Begleiter außer Hörweite standen.

„Na ja – wenn es ihnen lästig wurde, dauernd an ihre Sünden erinnert zu werden, kann ich mir das schon vorstellen", erwiderte der Junge. „Ich habe ein paar sehr merkwürdige Berichte im Internet gelesen. Wenn du dir ein bisschen Zeit nimmst, erzähle ich dir alles darüber. Aber nur dir."

Melanie durchschaute die List, aber sie war überaus neugierig zu erfahren, was Semjon an aufregenden Geheimnissen aus dem Cyberspace gefischt hatte. Und außerdem war er nett. Also sagte sie zu.

„So, jetzt erst mal Pause!", kommandierte Sanders. Er führte die Gruppe zu einer Lichtung inmitten der Krüppelföhren, die den Nadelwald ablösten. „Frau Dr. Soltau wird uns noch etwas über die damalige Zeit erzählen."

Die jungen Leute ließen sich auf den Boden fallen. Alle spürten den Aufstieg in den Knochen. Manche jammerten laut, während andere bemüht waren, sich nichts anmerken zu lassen.

Thermosflaschen mit Tee und die Proviantpakete wurden hervorgeholt. Im Augenblick hätte niemand etwas dagegen gehabt, Dr. Soltau stundenlang reden zu hören – Hauptsache, man konnte verschnaufen und die schmerzenden Waden entspannen!

Vor allem Katrin und Vanessa war anzusehen, dass sie sich weit, weit weg wünschten. Sie hockten mürrisch am Rand der Lichtung, rieben sich die Waden und untersuchten ihre Füße auf Blasen. Als die Heimatforscherin zu erzählen begann, zeigten sie demonstratives Desinteresse.

„Als die Vertriebenen in der Fuchsengrotte Zuflucht gefunden hatten, hielt ihr Anführer, ein Bauer namens Adam Sanders, ihnen eine Rede, die über Generationen überliefert wurde. ‚Da Gott uns hierher geführt hat', sagte er, ‚so meine ich, wir sollten hier bleiben. Es ist besser, den Gefahren von Wildnis und Wetter zu trotzen und mit den wilden Tieren zu kämpfen als mit dem Papst und den Bischöfen. Lasst uns sagen: Das hier ist unser Zion, wohin uns der Herr geführt hat.'"

Die neuen Siedler blieben lange unentdeckt, denn das Tal war nur äußerst schwer zugänglich. Straßen gab es ja keine, noch Ende des 18. Jahrhunderts führte lediglich ein Fußpfad, der wegen der steilen Felsen für Fußgänger sehr beschwerlich, zu Pferd aber gar nicht zu passieren war, durch den Kalten Gang.

Dr. Elvira Strohm ergriff das Wort. „Wir wollen die Geschichte ja auch von der geistlichen Seite betrachten. Möchte jemand etwas dazu sagen?"

Melanie, die mit geschlossenen Augen gemütlich auf dem sonnenwarmen Stein ausgestreckt lag, wartete, wer von den anderen etwas sagen würde. Sie fühlte sich sehr stark an ihren Traum in der vergangenen Nacht erinnert, wusste aber nicht recht, wie sie ihre Gedanken in Worte fassen sollte. Den Übrigen ging es vielleicht ähnlich, denn eine Weile herrschte unbehagliches Schweigen.

Schließlich meldete sich eine Mädchenstimme zu Wort. „Jesus hat gesagt, wer ihm nachfolgen will, muss viel leiden, nicht wahr?"

Eine weitere Stimme ergänzte: „Es ist aber schon gut, dass es heute keine solche Intoleranz mehr gibt."

„Gibt's nicht mehr? Du machst mir Spaß!", konterte eine dritte. „Was ist denn zum Beispiel mit Nordirland?"

„Aber dort geht es nicht um Religion, sondern um politische Gleichberechtigung."

Melanie wurde aufmerksam, als Semjon sich zu Wort meldete. Sie hörte ihn sagen: „Meine Vorfahren waren heimatvertriebene Protestanten, die sich in Litauen niedergelassen hatten. Später wurden sie von den Kommunisten unterdrückt, sodass meine Großeltern zurück nach Deutschland zogen."

Die Mädchenstimme, die den Bibelvers zitiert hatte, meldete sich erneut zu Wort: „Es stimmt nicht, dass Christen hierzulande nicht mehr unterdrückt werden. Ich komme aus einer freikirchlichen Gemeinde, und wir stoßen immer wieder einmal auf Unverständnis, weil wir streng nach der Bibel leben."

„Na ja", wandte ein Junge ein, „bei euch wundert mich das nicht, Babette – ihr seid schon sehr extrem."

„Es ist eben anders als bei euch in der Landeskirche", erwiderte Babette. „Bei euch ist alles erlaubt, Sex, Drogen, Rauchen, Alkohol …"

Dr. Strohm bremste, bevor die Diskussion in einen heftigen Streit ausartete. „Wir können das Gespräch später weiterführen. Jetzt will Herr Sanders uns noch das Bergwerk zeigen, das eine so wichtige Rolle in der Geschichte von Murnau spielte."

# Holz, Silber und steinerne Herzen

Melanie stellte erleichtert fest, dass der Weg bergab führte. Einen weiteren Aufstieg hätte sie an diesem Tag nicht mehr verkraftet.

Ein schmaler Pfad schlängelte sich im Zickzack durch den Hochwald, erst steil bergab, dann in geringer Höhe über dem Talboden an den Flanken der Wilden Mauer entlang.

Mitten im Wald stießen sie auf eine merkwürdige Konstruktion aus verrotteten Bohlen und Brettern. Wie eine riesige Wasserrutsche zog sie sich teils flach auf dem Boden, teils auf hohen Stelzen den Abhang hinunter. Melanie wurde an einen alten Horrorfilm erinnert, in dem ein Wanderer mitten im Wald ein schwarzes Gerüst entdeckt – und feststellen muss, dass es sich um das Bein einer ungeheuren Spinne handelt!

„Weiß jemand, was das ist?“, fragte Sanders.

Die jungen Leute kamen heran, drängten sich um die zerfallende Rutschbahn und starrten sie an.

„Ein Aquädukt?“, fragte Pamela mit unsicherer Stimme. „Aber dazu sieht es eigentlich zu flach aus.“

„Es ist eine Holzrutsche“, erklärte Sanders. „Darauf wurde das im Hochwald geschlägerte Holz zum Bach hinunter befördert – eine viel einfachere Methode, als es etwa mit Pferdeschlitten oder gar menschlicher Muskelkraft zu ziehen. Die ursprüngliche Rutsche hat Adam Sanders erbauen lassen.“

„Adam Sanders war ein schlauer und tüchtiger Mann“,

ergänzte Frau Dr. Soltau. „Er wusste nur zu gut, dass es auf die Dauer unmöglich sein würde, sich im Urwald zu verstecken und von Fischen, Vögeln und wilden Kräutern zu leben. Er suchte daher Kontakt zu den Landesfürsten. Dieser sollte sie unter seinen Schutz nehmen, dafür würden sie die riesigen Tannen des Tales abholzen und ihm liefern – auf dem einzigen Weg, der überhaupt möglich war: dem Kaltenbach.“

Sie unterbrach sich und blickte in die Runde. „Niemand konnte glauben, dass es möglich sein würde, Holz über den wilden Kaltenbach zu triften, wie man das nennt. Aber Sanders und seinen Mitarbeitern gelang es, das schwierige Transportproblem zu lösen. Später werden wir am Kaltenbach die Reste der Klausen und Schlagtore sehen, die er errichten ließ. Das wertvolle Holz machte den Fürsten reich, und er hielt große Stücke auf die Murnauer. Diese kamen aber kaum mit der Außenwelt in Kontakt. Sie lebten ihr eigenes Leben, arbeiteten von Montag bis Samstag, von der Morgendämmerung bis zum Abendrot und verbrachten den Sonntag in der Kirche. Sie verließen ihr Tal nur, um in Fürstenbrunn einzukaufen, und andererseits hatte niemand Lust, Murnau einen Besuch abzustatten.“

Sie machte eine kurze Pause. „Ohne es selbst richtig zu merken“, fuhr sie fort, „waren die Leute reich geworden. Und der böse Feind beschloss, sie noch reicher zu machen ...“

Eine Mädchenstimme fragte neugierig: „Haben sie einen Schatz gefunden?“

„Ja und nein. Keine vergrabene Schatzkiste jedenfalls. Aber in der Wilden Mauer wurden Silberminen entdeckt, und das Silber ließ sich am leichtesten von der Murnauer Seite her abbauen. Also schickten die Herren von Zwiernau einen erfahrenen Bergmeister zu ihnen – übrigens den Urahn unseres Rolf Johany hier."

Der seltsame junge Mann blickte auf, ließ ein etwas gespenstisches Lächeln sehen und starrte wieder zu Boden.

„Das Silber rann nur so aus dem Berg, die Bergleute wurden ebenfalls immer wohlhabender. Von Adam Sanders' Enkeln wurden bereits die ersten ‚herrschaftlichen Häuser' rund um die Kirche erbaut."

„Sind das die Villen, die wir gesehen haben?", fragte Jovanka.

Sanders gab die Antwort. „Nein, diese Villen wurden erst Anfang des 20. Jahrhunderts gebaut. Allerdings hatte von Anfang an jede Familie ihren fest angestammten Platz, neue Häuser wurden immer am selben Ort erbaut wie die alten, die man abgerissen hatte. Manchmal gingen sie sogar ineinander über – was den Heimatforschern einiges Kopfzerbrechen bereitet, nicht wahr, Frau Doktor?"

„Ja, das kann man sagen", gab Dr. Soltau lächelnd zu. „Ein Haus, das aus drei verschiedenen Jahrhunderten stammt, macht extra Arbeit, und Ihres macht extra-extra Arbeit, weil es aus vier Jahrhunderten stammt."

Melanie horchte auf. „Vier?", rief sie laut. „Aber Sie sagten doch, die Murnauer kamen erst Ende des 17. Jahrhunderts?"

„Die Murnauer, ja. Aber irgendjemand hat schon vorher an der Stelle gewohnt, an der heute das Hotel steht, und zwar lang genug, um steinerne Grundmauern zu errichten..."

„Das gehört aber nicht zu unserem Thema", fiel ihr Sanders barsch ins Wort. „Wir waren bei Johany stehen geblieben."

Die Heimatforscherin schien etwas verblüfft über die

Heftigkeit, mit der er ihr das Wort abgeschnitten hatte, aber sie sagte nur: „Ja, natürlich. Also Murnau war ein reiches Dorf geworden. Die Menschen, deren Väter und Großväter als gottesfürchtige Bettler in den Heimlichen Grund gekommen waren, waren mit ihrem vielen Geld habgierig und hartherzig geworden. Ihre ernste Frömmigkeit hatte sich, ohne dass sie es selbst gemerkt hatten, in geistlichen Hochmut und Rechthaberei verwandelt – und damit kam das Unheil über Murnau."

„Was ist passiert?", fragten mehrere zugleich.

„Dazu kommen wir später. Jetzt sehen wir erst einmal zu, dass wir das Bergwerk erreichen."

Die Gruppe machte sich auf den Weg. Frank, der sich sofort wieder an Melanies Seite gedrängt hatte, bemerkte mit ätzendem Unterton: „Das hätte meinem Vater gefallen, von diesen rechtgläubigen Menschen zu hören. Was man als gläubiger Mensch darf und was nicht, das ist bei ihm das Thema! Überall sieht er den Teufel am Werk."

Lucy, die sich an das Trio angeschlossen hatte – anscheinend vor allem, weil Semjon ihr Interesse erweckt hatte –, meinte: „Aber du zweifelst doch nicht daran, dass es einen Teufel gibt, oder? Das steht in der Bibel!"

Frank lachte höhnisch. „Ach ja? Und er kriecht als Schlange getarnt auf den Bäumen herum und verleitet Frauen zum Äpfelstehlen, nicht wahr? Mach dich doch nicht lächerlich!"

Lucy schwieg eingeschüchtert.

Semjon versuchte zu vermitteln. „Warum bist du so zornig, Frank?"

Die Antwort war eine Explosion. Frank sprudelte die Worte so schnell heraus, dass er kaum zum Atemholen kam. Melanie verstand nur teilweise, worum es ging. Klar war auf jeden Fall, dass der Junge enorme Schwierigkeiten mit seinen Eltern, vor allem seinem Vater, hatte. Er schien ein lebendes Exempel für den zynischen Satz zu sein: „Religion ist, was man nicht darf." Sein Vater legte größten Wert darauf, dass sein Sohn sich vorbildlich benahm, mit dem Resultat, dass er keine Freunde hatte, und schon gar keine Freundin. In der Schule wurde er gehänselt, andere Cliquen lernte er nicht kennen, weil er nirgends hinkam, und in der Jugendgruppe seiner Gemeinde mochte man ihn auch nicht, weil er seinen schwelenden Groll herausließ, indem er sich als Spielverderber betätigte. Sobald die Jugendgruppe irgendetwas unternahm, konnte sie sicher sein, dass Frank so lange meckerte und spöttelte und sich quer stellte, bis auch alle Übrigen den Spaß daran verloren hatten.

„Ich bin überhaupt nur hier, weil mein Alter hofft, dass ich mich sechs Wochen lang zu Tode langweilen werde", beschloss er seine Klagereden.

„Ach komm", widersprach Lucy. „Das kann ich nicht glauben. Dein Vater ist sicher der Meinung, dass das hier gut für dich sein wird."

„Ja, genau!", fuhr der Junge sie an. „So wie er denkt, dass es mir gut tut, als frömmelnder Schrulli durchs Leben zu torkeln und von allen halbwegs vernünftigen Leuten ausgelacht zu werden."

Jovanka, die bislang schweigend hinterhergestapft war, mischte sich ein. „Weil du fromm bist, brauchst du doch kein Schrulli zu sein."

Das löste eine neue Explosion aus. Wenn man Frank glaubte, war sein Vater – ein ehemals landeskirchlicher Pastor, der vor kurzem eine eigene freie Gemeinde gegründet hatte – ein hart gesottener Fundamentalist, der das gesamte moderne Leben mit Argwohn beäugte. Diskotheken waren auf jeden Fall out, Alkohol und Zigaretten verboten, Jugendzeitschriften, Kino und Rockmusik ebenfalls, das Internet wurde sorgfältig kontrolliert – wenn Frank surfte, überprüfte sein Vater nachher im Ordner „Verlauf" die Seiten, die er besucht hatte.

„Am liebsten", klagte der Junge, „würde er mir einen Hirnfilter einbauen, der nichts durchlässt außer Bibelversen und seinen Predigten. Meine Mutter ist bereits abgehauen und verkehrt nur noch über ihren Anwalt mit ihm, so unerträglich ist es bei uns zu Hause. Aber ich sitze fest."

Melanie hörte aufmerksam zu, ohne einen Kommentar abzugeben. Sie dachte an ihre Eltern. Mit denen war sie auch nicht immer einer Meinung. Manchmal hatte sie den Eindruck, dass jeder von ihnen auf einer anderen Ebene lebte, aber im Großen und Ganzen kamen sie doch gut miteinander aus.

Melanie nahm Rücksicht darauf, dass ihre Eltern in der Gemeinde eine Funktion zu erfüllen hatten. Sie wusste, wie peinlich es ihnen gewesen wäre, wenn ihre Tochter in ein schiefes Licht geriet. Also hielt sie sich mit allem ein wenig zurück, bemühte sich, diplomatisch zu sein und auch die weniger modernen und weltoffenen Gemeindeglieder nicht vor den Kopf zu stoßen. Manchmal fragte sie sich, ob das nun Höflichkeit oder Heuchelei war.

Lucy wagte einen vorsichtigen Einwand. „Ich hoffe, du wirst nicht gleich wütend auf mich, aber was dir dein Vater verbietet, ist wirklich nicht gut für dich. Ich meine Dinge wie Alkohol, Pornos oder Diskotheken." Sie lächelte den Jungen schüchtern an. „Du kennst doch den weisen Spruch:

‚Wirklich reif ist man, wenn man bereit ist, einen vernünftigen Rat anzunehmen, obwohl er von den Eltern kommt.'"

Ihre Hoffnung war vergeblich – Frank wurde wütend. So sehr, dass Melanie es vermied, ihre Weisheit auch noch dazuzugeben und Lucy zu fragen, was denn an Diskotheken so unheilvoll sein konnte. Sie eiste sich unauffällig von der Gruppe los und manövrierte sich nach weiter hinten, in die engere Umgebung von Julian Milford.

Allerdings stellte sie rasch fest, dass auch dort die vor der Höhle begonnene Diskussion noch immer am Laufen war. Auf einmal schienen sich alle irgendwie in der Situation der Exulanten wiederzufinden, ohne dass Dr. Strohm noch ein weiteres Wort gesagt hatte. Während Melanie durch den Wald stapfte, lauschte sie den Argumenten, die von allen Seiten vorgebracht wurden.

Babette, ihr Bruder Kai und zwei weitere junge Leute aus derselben Freikirche beklagten sich, dass sie es schwer hätten, nur weil sie Gottes Wort ernst nahmen. Andere wiederum, die aus einer Gemeinde der Landeskirche kamen, klagten, sie würden „von den sturen Fundis" als schlechte und laue Christen verachtet, weil sie sich um Verständnis und Offenheit gegenüber allen Menschen bemühten. Zwei Mädchen aus der liberalen Ecke argumentierten, die Zeit der „Rechtgläubigkeit" sollte überhaupt vorbei sein. Es sei doch nie etwas anderes dabei herausgekommen als Hass, Verfolgung, Pogrome, Terror und Mord. Warum konnten nicht alle Gottgläubigen in Frieden miteinander leben? Wichtig war doch nur, ein guter Mensch zu sein und Liebe zu leben, ob man das nun als Hindu, Christ oder Anhänger einer Naturreligion tat. Daraufhin schrien wiederum die Freikirchler auf: Das sei nun wieder typisch für die Kirche: Jesus, Buddha, Allah, Krishna, alle in einen Topf, eine Mischmasch-wischiwaschi-Religion. Wozu nach der Wahrheit fragen, wenn sowieso alles und nichts Wahrheit war?

Melanie gab keinen Kommentar ab. Sie fühlte sich einigermaßen verwirrt. Dass so viele Meinungen so heftig aufeinander prallen würden, damit hatte sie nicht gerechnet. In ihrer Heimatgemeinde ging es immer recht verständnisvoll und gemütlich zu. *Vielleicht ein bisschen zu gemütlich,* ging es ihr durch den Kopf. Pastor Wilmayer bemühte sich darum, dass die jungen Leute ihm Vertrauen entgegenbrachten. Das taten sie auch, aber wo blieben all die Fragen? Wurden sie gar nicht gestellt, oder fragten die Mitglieder der Jugendgruppe einfach jemand anderen, wenn sie sich an solchen Problemen die Zähne ausbissen?

Dann geriet sie in die Nähe einer Gruppe, die aus Rob Sanders, Rolf Johany und den beiden Vettern Schlagreiter bestand. Die vier waren ebenfalls in eine lebhafte Diskussion verstrickt – besser gesagt, drei diskutierten, während Rolf hin und wieder eine seiner leisen, geheimnisvollen Bemerkungen beisteuerte. Melanie lauschte unauffällig und merkte, dass Sven und Boris Schlagreiter trotz ihrer nahen Verwandtschaft absolut nicht auf der gleichen Wellenlänge funkten. Für Sven war Murnau schlicht ein mickriges Dorf in der Einöde – zwar mit einer ehrwürdigen Vergangenheit, aber ohne Zukunft. Für Boris dagegen war Murnau eine mystische Stätte, ein Heiligtum, ein heimliches Königreich, in dem Menschen von besonderer Art gelebt hatten, auch noch zu der Zeit, als Adam Sanders und seine Leute schon zu beinahe sagenhaften Gestalten geworden waren. Er ereiferte sich Sanders gegenüber heftig darüber, dass man es einfach abriss.

Der Projektleiter zuckte die Achseln. „Das ist nun mal so, Boris. Dörfer entstehen und vergehen. Sie werden alt und sterben, genau wie wir. Es hat keinen Sinn, Ruinen zu bewahren. Der Geist, der in diesem Dorf geweht hat – zumindest in seinen Anfängen –, ist das Wertvolle, aber der braucht kein Murnau, um weiterhin zu bestehen."

Melanie fand diese Bemerkung sehr vernünftig.

# Des Teufels Geldbeutel

Wenig später stießen sie dann auf den Kaltenbach, der wild und reißend zwischen den Felsen hervorschoss. In der Nähe war eine der Klausen errichtet worden, die zum Schwemmen des Holzes dienten. Sanders erklärte ihnen: Eine Klause war ein kleines Staubecken, in dem die Holzscheite gesammelt wurden, bis das Wasser hoch genug stand. Öffnete man dann das Schlagtor, so wurden die Scheite von der hinabstürzenden Flut mitgerissen und den Bach entlanggeschwemmt bis zur nächsten Klause, wo sich der Vorgang wiederholte. Die Klause war schon lange nicht mehr in Betrieb, die verrotteten Bohlen mit Moos und grünem Schleim bedeckt. Das Schlagtor war teilweise in Stücke zerbrochen, sodass der Bach in brausenden Strudeln und Schnellen darüber hinwegsetzte.

Oberhalb der Klause war ein Tunnel durch den Felsen geschlagen worden – dort hatte sich früher ein Wasserfall befunden, der die Triftung blockierte. Melanie schauderte, als sie das hohle Brausen im Berginneren hörte und sah, wie das Wasser in einem mannsdicken Schwall aus der schwarzen Tunnelmündung schoss.

Etwa eine halbe Stunde später gelangten die Wanderer auf eine Lichtung, die einen unfreundlichen und deprimierenden Eindruck machte. Raues Gras überwucherte die steinernen Fundamente von lang gestreckten Hütten. Überall lagen die bis zur Unkenntlichkeit verrosteten Teile von Maschinen und Fahrzeugen herum. Auf drei Seiten schloss der Hochwald die Lichtung ab, auf der vierten eine Felswand, in die ein Stollen geschlagen war. Dort gähnte ein schwarzes Loch im grauweißen Fels. Es öffnete sich in eine Art Vorraum, von dem der eigentliche Bergwerksgang abging. Dieser war jedoch mit einem Tor aus starken Brettern verschlossen, auf das in krakeligen weißen Buchstaben die Warnung aufgemalt war: *„Vorsicht! Einsturzgefahr! Betreten verboten!“*

*Sieht aus wie der Eingang zu einem Geisterbahntunnel,* dachte Melanie. Sie schauderte bei der Vorstellung, in der kalten Finsternis hinter dem Tor könnte sich etwas bewegen, vielleicht mit knöchernen Fingern von innen an die Bohlen pochen. War da nicht eine Szene in einem Buch gewesen? Ja, jetzt fiel es ihr ein: „Die Abenteuer von Tom Sawyer und Huckleberry Finn“! Da hatten die Helden den Eingang zu einer verlassenen Mine aufgebrochen und dahinter das schauerlich verkrümmte Skelett des Indianer-Joe gefunden, dessen Knochenfinger noch im Tod an den Brettern zu kratzen schienen ... Nichts hätte sie dazu bringen können, nachts an dieser schauerlichen Pforte vorbeizugehen!

Sie wandte sich rasch der Gruppe um Dr. Soltau zu.

Die Heimatforscherin sagte soeben: „Das Bergwerk hier verdankt seine Entstehung dem Bergmeister Simon Johany. Dieser Bergmann war auch ein Protestant, der seine Heimat hatte verlassen müssen. Er kam aber aus Dürrnstatt, wo die Protestanten ebenfalls unterdrückt wurden. Simon Johany brachte zwei Dutzend Bergleute mit ihren Familien mit, die sich in dem Dorf ansiedelten. Die Neuankömmlinge fügten sich rasch in die Dorfgemeinschaft ein. Die gemeinsame Erinnerung an die Grausamkeit des Fürsterzbischofs und die Leiden ihrer Glaubensgenossen verband sie mit den Ansässigen. Sie machten sich mit Eifer und Geschick an die Arbeit, und schon bald brachte der Bergbau den Murnauern und ihrem Schutzherrn ebenso viel Geld wie die Holzgewinnung."

Frau Soltan fuhr fort: „Aber nicht alle waren mit diesem Verlauf der Dinge glücklich. Der damalige Pastor – er hieß Martin Brugger – nannte das Silberbergwerk ‚des Teufels Geldbeutel'. Er sah ganz klar die geistlichen Gefahren, die dem Dorf drohten. Aber seine Warnungen fanden wenig Gehör, vorerst ..."

Ihr Vortrag wurde unterbrochen, weil Rolf Johany plötzlich mit einem Satz aufsprang, die Augen mit der Hand beschirmte und angespannt über das Tal hinweg zur Breiten Mauer hinüberstarrte. Sanders eilte an seine Seite, und die beiden Männer flüsterten miteinander. Der Projektleiter holte ein Fernrohr aus seinem Rucksack und setzte es an die Augen. Minutenlang beobachtete er den Hochwald am Fuß der Breiten Mauer, dann zuckte er mit den Achseln, schüttelte den Kopf und trat zurück. Das Fernrohr steckte er jedoch nicht wieder ein, sondern ließ es am Riemen um den Hals hängen.

„Ist etwas nicht in Ordnung?", fragte Elvira Strohm.

„Rolf dachte, er hätte ein Funkeln im Wald gesehen", erklärte der Projektleiter. „Um diese Jahreszeit muss man enorm vorsichtig sein. Jede Kleinigkeit kann einen Waldbrand auslösen. Wir hatten in der Gegend schon mehrmals Brände, die riesige Schneisen in die Wälder schlugen. Deshalb habe ich nachgesehen. Es passiert trotz aller Warnungen immer wieder, dass Wanderer glühende Zigaretten wegwerfen oder sogar Feuer im Wald anzünden. Aber diesmal war es wohl nur die Sonne auf einem nassen Stein." Er schulterte mit einer energischen Bewegung seinen Rucksack. „Kommt, es gibt noch etwas zu sehen."

Sie verließen die Lichtung vor dem Stolleneingang und

stiegen, dem Pfad folgend, ein Stück weiter ab. Bald erreichten sie eine trichterförmige Senke, deren Seiten mit Gras und Gestrüpp bewachsen waren. Auf dem tiefsten Punkt ließ Sanders sie anhalten. „Vorsicht!", mahnte er. „Ihr bleibt alle hier stehen, keiner drängt vor."

Er trat ein paar Schritte vor, schob mit der Spitze seines Wanderstocks das Unterholz zur Seite und enthüllte einen hölzernen Deckel, etwa einen Meter im Durchmesser, der flach auf dem Erdboden lag. Eine eiserne Spange, die mit einem Vorhangschloss gesichert war, verschloss die beiden Flügel der runden „Türe". Sanders sperrte das Schloss auf, schob die Spange beiseite und öffnete mit Rolfs Hilfe die Türflügel. „So, jetzt kommt näher. Aber vorsichtig!"

Melanie schob sich schrittweise vor. Sie spürte den Schwall dumpfer Höhlenluft, der aus der Öffnung drang. Als sie näher kam, sah sie, dass der Deckel einen Höhlenschacht verschloss, einen fast senkrecht in die Tiefe führenden Tunnel aus rohem Stein, der rundum mit einem schlüpfrigen grauen Lehm bedeckt war. Sanders hob einen Stein auf und warf ihn in die Tiefe. Beunruhigend lange war kein Laut zu hören, dann endlich ein fernes Plonk! „Das", erklärte der Projektleiter, „ist eine Doline." Eine kreisende Armbewegung umfasste den Krater. „Und zwar ist es eine so genannte Einsturzdoline, wie sie sich über zusammengebrochenen, unterirdischen Hohlräumen bilden. Sie können bis zu 500 Meter tief sein und einen Durchmesser von 1,5 Kilometern aufweisen! Diese hier nennt man das Schluckloch. Sie reicht 42 Meter senkrecht in die Tiefe. Nicht alle sind so tief, aber es macht auch keinen Spaß, in fünf Metern Tiefe in einem engen Rohr festzustecken. Abgesehen davon, dass am Grund vieler solcher Schächte das Wasser steht."

Melanie sprang zurück, als könnte die Doline sie gewaltsam einsaugen. Sie schwor sich, für den Rest ihres Aufenthalts in Murnau keinen Fußbreit vom sicheren Pfad abzuweichen. Auch die Übrigen betrachteten den kalten Schlund mit sichtlichem Unbehagen und schienen ähnliche Gedanken zu hegen.

Sie waren froh, als Sanders das schauerliche Loch wieder verschloss und den Befehl zum weiteren Abstieg gab.

Sie hatten gedacht, mit dem anstrengenden Ausflug sei es für diesen Tag getan, aber weit gefehlt. Das Programm sah vor, dass jedes Team die Informationen der beiden ersten Tage kreativ verarbeiten sollte, sei es als Musik, Zeichnung, Theaterspiel oder auf eine andere Weise. Das rief zuerst einmal eine Menge Kopfzerbrechen hervor. Auf der Wiese verstreut saßen die Jugendlichen in Gruppen zusammen und diskutierten. Erst fühlten sich viele total überfordert. Wie sollten sie denn bis zum Abend eine „künstlerische Verarbeitung" schaffen? So etwas erforderte doch Tage oder gar Wochen! Außerdem waren die Teams untereinander nicht einig, welche Kunstform sie wählen sollten. In Melanies Team etwa konnten Pamela und Jovanka singen, aber sie hatten niemand, der ein Lied schreiben konnte. Lucy konnte gut zeichnen, aber da hätten ihr die Übrigen dabei zusehen müssen.

So schickten sie Abgesandte, die bei Sanders protestieren sollten. Der aber zuckte nur die Achseln. „Leute, ihr seid doch hier, um zu zeigen, was ihr leisten könnt. Also legt los."

„Mir stinkt der Typ!" Frank sprang auf und warf das Notizbuch, in dem er herumgekritzelt hatte, klatschend zu Boden. „Wie kommt er eigentlich dazu, uns hier herumzukommandieren? Was will er machen, wenn ich Nein sage? Bringt er mich dann um?"

Im nächsten Augenblick war er auch schon losmarschiert und hatte sich vor Rob Sanders aufgebaut. Er starrte ihm herausfordernd ins Gesicht und fragte: „Und wenn ich einfach gar nichts mache?"

Der Projektleiter reagierte mit einem neuerlichen Achselzucken. „Dann macht dein Team ohne dich weiter."

„Und wenn die auch keinen Bock haben?"

„Dann machen die restlichen Teams ohne euch weiter." Er beugte sich vor und legte dem Jungen die Hand auf die Schulter. „He, Mann, ihr seid freiwillig hier!"

„Ich nicht", knurrte Frank.

„Okay, das ist was anderes", antwortete der Mann leichthin. „Dann musst du natürlich nicht mitmachen. Am besten, du gehst ins Haus und setzt dich in die Küche. Morgen kommt der Lieferant vorbei, da checken wir dann alles Notwendige ab, damit du wieder nach Hause fahren kannst."

Mit einer solchen Reaktion hatte Frank nicht gerechnet. Er scharrte verlegen mit der Schuhspitze im Kies, dann murrte er: „Bevor ich allein in der Küche rumhocke, kann ich genauso gut hier mitmachen." Und rasch – bevor der Projektleiter am Ende noch darauf bestehen würde, dass er im Haus warten sollte – kehrte er zu den anderen zurück.

Melanie spürte, wie Pamela sie mit dem Ellbogen anstieß und ihr zuzwinkerte. Zweifellos hieß das: „Habe ich dir nicht gesagt, dass Sanders schlau wie ein Wiesel ist?" Und das stimmte natürlich auch, denn auf Vorwürfe, Drängen oder gar Zwangsmaßnahmen hätte Frank nur mit neuem Trotz reagiert. So war er nicht nur bereit, mitzumachen, er lieferte auch eine erstaunlich gute Idee. „Wenn wir ein Theaterspiel machen, können wir jeden nach seinen oder ihren Fähigkeiten einsetzen."

Jovanka widersprach. „Wie willst du so schnell ein Theaterstück schreiben? Und wie sollen wir das auswendig lernen? Ich kann mir ohnehin nichts merken. Das schaffe ich nie!"

„Deswegen machen wir auch kein Sprechstück, sondern eine Pantomime. Wir spielen ohne Worte genau das nach, was wir gehört haben. Die Vertreibung, die Höhle ... einfach alles. Am Anfang ziehen wir ein, und ihr beide, Pamela und Jovanka, singt eine Hymne ..." Er fuhr fort, ihnen zu schildern, wie die Pantomime aussehen sollte, dann wandte er sich an Lucy. „Du hast eine besondere Aufgabe. Kannst du drei oder vier Bilder zeichnen, auf denen man sieht, wie Murnau sich entwickelt? Es genügen natürlich symbolische Skizzen. Du brauchst nicht jedes Haus genau aufzumalen."

„Ich werd's versuchen."

Bis zum Abendessen saßen die Teams, jedes für sich, auf der Wiese und werkten eifrig an der „kreativen Verarbeitung" der Anfänge von Murnau. Zwar hatte Sanders ihnen eingeschärft, dass es keine Teamleiter oder -leiterinnen gäbe, aber in Melanies Gruppe jedenfalls hatte Frank sich unwidersprochen an die Spitze gestellt. Niemand protestierte dagegen. Er steckte bis zu den Ohren voll interessanter Ideen, und im Moment waren sie froh, wenigstens einen zu haben, dem etwas einfiel.

Melanie dachte: Wenn er weiterhin auf einem Podest stehen will, können wir ihn wieder runterholen. Jetzt kann er erst einmal ruhig dort stehen bleiben.

Nach dem Abendessen wurden die Ergebnisse der Arbeit präsentiert. Obwohl anfangs so viele gemurrt hatten, dass Sanders da Unmögliches von ihnen verlangte, war zuletzt doch noch allen etwas eingefallen.

Die Pantomime der Gruppe eins ging glatt über die Bühne (die in diesem Fall aus einer Bodenwelle der Wiese vor dem Haus bestand). Lucy war besonders fleißig gewesen und hatte vier Bilder gezeichnet, die den Aufstieg der Siedlung von der Höhle über einfache Blockhäuser bis zur eleganten Ortschaft, symbolisiert durch das Hotel, zeigten. Zwischen den stummen Szenen schritt sie die Bühne ab und trug ihre Bilder zur Schau.

Julian und Daniel waren jeder mit einer Videokamera ausgerüstet worden, um die verschiedenen Darbietungen zu filmen, während Sanders und Dr. Soltau sich auf ihren Laptops Notizen machten. Es gab reichlich Anerkennung für alle Mitwirkenden.

Um den spannenden Tag ausklingen zu lassen, wurde ein Lagerfeuer entzündet. Eine Stunde lang saßen sie teils ums Feuer, teils schlenderten sie zu zweit oder in Gruppen auf der Wiese herum, über die sich die blauen Schatten der Dämmerung senkten. Die ersten Sterne glitzerten wie Diamanten in der klaren Bergluft.

Semjon schob sich an Melanie heran. „Wenn du jetzt hören willst, was ich rausgefunden habe, dann gehen wir ein bisschen spazieren, okay? Abseits von den Übrigen."

Melanie – hin- und her gerissen zwischen zwei aufregenden Möglichkeiten – warf einen Blick auf Julian, der im Moment gerade mit Rolf beisammenstand. Konnte sie hoffen, dass er in Kürze allein zu sprechen war, oder würden die beiden noch stundenlang zusammenhocken? So, wie sie die Köpfe zusammensteckten, sah es nach einem längeren Gespräch aus. „Okay, ich komme mit", sagte sie.

Sie folgten ein Stück weit dem Lauf des Kaltenbachs, der

gurgelnd und platschend über die Steine sprang, bis sie zu einer Gruppe Tannen auf einer Anhöhe gelangten. Dort setzten sie sich nieder, unsichtbar für die Übrigen und auf diese Weise geschützt davor, dass unerwünschte Dritte sich ihnen anschließen würden.

„Ich wollte dir mehr über diese verschwundenen Menschen erzählen", begann Semjon. „Im Internet war alles genau aufgeführt. Die Esoteriker behaupten, dass das Tal hier ein Landeplatz von UFOs ist und dass die Aliens hierher kommen, um Menschen zu entführen. Sie sagen auch, dass es Aliens waren, die den Murnauern halfen, reich zu werden. Im Austausch dafür verschafften diese ihnen Menschen, die sie mit sich nehmen konnten. Für ihre genetischen Experimente oder was auch immer."

Melanie schnaubte verächtlich. „Das ist alles? Mann, lass das bloß Frank nicht hören, der brüllt vor Lachen! Und da muss ich ihm sogar zustimmen. Mein Vater sagt immer, wenn es um Engel und Dämonen geht, spotten die Leute, aber an kleine grüne Männchen mit Schlitzaugen glauben sie ganz bereitwillig. Und du? Glaubst du etwa an UFOs?"

Es kam ziemlich angriffslustig heraus, aber Semjon ließ sich nicht aus der Ruhe bringen. „Ich habe doch nicht gesagt, dass ich daran glaube, Melanie. Ich wollte dir nur erzählen, was ich im Internet zu dem Thema gelesen habe."

Er hatte eine Menge Websites gefunden. Murnau schien in esoterischen Kreisen häufig Gesprächsthema zu sein, und offensichtlich waren viele verschiedene Theorien über die Ursache der mysteriösen Vorgänge aufgestellt worden.

Melanie lauschte, schüttelte aber immer wieder den Kopf. Das alles erschien ihr zu wirr und absurd, um einen ernsthaften Gedanken daran zu verschwenden.

„Es gibt auch noch andere, weniger mystische Theorien",

fuhr Semjon fort. „Zum Beispiel, dass die Murnauer ihre eigene geheime Gerichtsbarkeit hatten und Menschen, die sich gegen ihre Gesetze vergangen hatten oder ihnen auch nur lästig fielen, kurzerhand verschwinden ließen."

„Eine christliche Gemeinschaft soll das getan haben? Meinst du wirklich?"

Er zuckte die Achseln. „Ich sagte dir doch, dass ich nur wiederhole, was ich gelesen habe. Vorerst habe ich noch gar keine eigene Meinung dazu. Ich war nicht dabei, ich weiß nicht, was geschehen ist. Ich weiß auch nicht, ob es stimmt, dass zumindest einige der Verschwundenen zum letzten Mal gesehen wurden, wie sie das Haus der Sanders – später das vornehme Hotel Sanders – betraten und ob es darin wirklich spukt. Aber vielleicht finden wir es ja heraus."

Melanie warf einen unbehaglichen Blick auf das Gebäude, das von seinem hohen Sitz auf das Dorf herabblickte. Der Gedanke ging ihr durch den Kopf: *Es schaut auf die Kirche herunter ... Sie haben es so gebaut, dass es die Kirche unter sich hat und hochmütig auf sie herunterschaut!* Aber laut sagte sie nur: „Du hast doch nicht etwa die Absicht, da drin herumzuspionieren? Ohne mich!"

Semjon wollte antworten, aber da wurde unten auf der Wiese das Feuer gelöscht, und der lang hallende, melancholische Ruf des Waldhorns verkündete das Ende des Tages. Sie sahen, wie die jungen Leute eilig dem Haus zustrebten.

„Sperrstunde!", stellte Melanie fest. „Komm, sehen wir zu, dass wir ins Bett kommen. Wir können ein andermal weiter darüber plaudern, okay?"

Semjon nahm das Angebot erfreut an. So offenkundig erfreut, dass sie dachte: *Habe ich da am Ende etwa einen Verehrer gefunden?*

# Lucy hat Angst

Am Morgen allerdings hatte sie Semjons Interesse an ihr völlig vergessen. Als sie in den Gemeinschaftsraum kam und mit ihrem Frühstückstablett in der Hand einen Platz suchte, galt ihre Aufmerksamkeit schon wieder ausschließlich Julian Milford.

Er war unter den Allerersten gewesen, die mit Waschen, Anziehen und Bettenmachen fertig gewesen waren, und saß nun allein an einem Tisch. Melanie wollte schon hocherfreut auf ihn zusteuern, als ihr einfiel, dass sie jetzt ja nach Teams sortiert zusammensaßen.

Mist!

Der Tisch, an dem Julian so verlockend allein saß, war sicherlich für die Erwachsenen reserviert. Ihr blieb nichts übrig, als sich an den nächstgelegenen Tisch zu setzen, der erfreulicherweise ebenfalls noch leer war. Hoffentlich dauerte es möglichst lange, bis die anderen Mitglieder ihrer Gruppe erschienen!

Sie setzte sich und wandte sich sofort dem jungen Mann zu. „Wie hast du geschlafen?"

„Gut", antwortete Julian mit seinem üblichen liebenswürdigen Lächeln, das so viel zu versprechen schien und doch nichts bedeutete als Höflichkeit. „Nur der Jäger hat mich aufgeweckt, mitten in der Nacht."

„Was macht denn ein Jäger hier im Haus?", fragte Melanie verdutzt.

„Gar nichts. Ich habe ihn auch nicht gesehen – nur seinen Hund habe ich bellen gehört. Deshalb dachte ich, es wird wohl ein Jäger sein. Es war ein lautes, grimmiges Gebell. Muss ein imposantes Tier gewesen sein."

„Bist du sicher, dass du nicht geträumt hast?"

„Nein, das habe ich nicht geträumt, denn Sanders hat es auch gehört. Ich schlafe direkt unter dem Fenster, und ich konnte sehen, wie er draußen auf und ab ging und horchte. Er hat ..."

Ausgerechnet in diesem Augenblick tauchten Katrin und Vanessa in der Türe auf und stürmten herbei, als müssten sie Julian mit Gewalt festhalten, ehe er davonflattern konnte. Ohne auf die Tischordnung zu achten, plumpsten sie links und rechts neben ihm hin und rückten sich sofort ins beste Licht.

Melanie, der vor Wut beinahe das Butterbrot im Hals stecken geblieben wäre, protestierte. „Das ist Sanders' Tisch. Wir sitzen alle nach Teams geordnet! Setzt euch an euren eigenen Tisch!"

Die beiden Beautys stellten sich jedoch taub. Obwohl sie unter den Umständen nicht in voller Kriegsbemalung erschienen waren, spulten sie ihr komplettes Programm ab: Blinzeln, Wimpernklimpern, Zwitschern, Kichern, neckische, wie zufällige Berührungen ...

Melanie kochte. Da war sie mitten im Gespräch mit Julian gewesen, in einem der längsten Gespräche, die sie bislang mit ihm geführt hatte, es war gerade richtig interessant geworden, da mussten diese beiden Püppchen auftauchen und ihr alles verderben! Und das Schlimmste war, dass Katrin und Vanessa mitgekriegt hatten, wie wütend sie war, und ihr boshaft triumphierende Seitenblicke zuwarfen. Warum war sie auch so dumm gewesen und hatte sich nicht einfach an Julians Seite gesetzt, wie die beiden es gemacht hatten? Nein, sie musste natürlich schön brav auf dem von

Sanders zugewiesenen Platz kleben bleiben! Warum war sie bloß so brav?

Daniel Schneyder erschien, das feiste Gesicht rot gefleckt vom eisigen Waschwasser, und trottete grußlos durch den Gemeinschaftsraum. Vor Julian blieb er stehen. „He, Superman, General Sanders will dich wegen des Nachmittagsprogramms sprechen. Und zwar ratzfatz."

Als Julian aufstand, ließ Daniel sich laut grunzend auf dessen Platz plumpsen. Sichtlich begeistert von der Nachbarschaft, grinste er die beiden Mädchen an. „Hey, ihr Süßen, das ist aber eine Freude am frühen Morgen!"

Melanie sah mit Befriedigung, wie das kokette Lächeln auf den Gesichtern der Mädchen erlosch. Katrin stand auf und bemerkte mit essigsaurem Ausdruck: „Tut uns Leid, Daniel, wir müssen uns an den Tisch für unser Team setzen." Vanessa folgte ihr, wobei sie ihre Windjacke an sich raffte, als hätte sie Angst, sich an Daniel zu beschmutzen. Der starrte ihnen erbittert nach, kam aber nicht dazu, die Beschwerde, die ihm auf der Zunge lag, zu äußern, weil nun das gesamte Wissenschaftlerteam auftauchte und am Tisch Platz nahm.

Melanie konnte es sich nicht verkneifen, Katrin und ihrer Busenfreundin die Zunge herauszustrecken, als die beiden einmal zufällig zu ihr herübersahen. Wenn sie selbst Julian nicht haben konnte, dann sollten die zwei ihn schon gar nicht haben!

Während des Frühstücks fiel ihr auf, dass sich der Konkurrenzkampf um den niedlichen Amerikaner seit dem Vortag beträchtlich verschärft hatte. Inzwischen hatten nämlich auch die Mädchen, die nicht zu Pastor Wilmayers Gemeinde gehörten, entdeckt, was für ein kostbares Exemplar der Gattung Mann da herumlief. Mindestens vier unternahmen ernsthafte Versuche, sich an Julian heranzupirschen. Sie liefen ein halbes Dutzend Mal durch den Gemeinschaftsraum, um sich ein Taschentuch aus der Jacke zu holen oder noch eine Tasse Kaffee an der Durchreiche zu verlangen, und jedes Mal schlängelten sie sich an ihm vorbei, lächelten ihn an und versuchten mit allen Mitteln, seine Aufmerksamkeit zu erregen. Die Resultate waren jedoch keineswegs zufrieden stellend. Julian blickte nur flüchtig auf und vertiefte sich dann sofort wieder in sein Gespräch mit den Erwachsenen, vor allem mit den beiden Theologen.

Pamela, die die vergeblichen Manöver ebenfalls bemerkt hatte, zuckte die Achseln. „Weißt du was? Julian bedeutet nur Stress. Wir wären gescheiter, wenn wir die Zeit hier genießen und uns für Jungen interessieren würden, die zu haben sind."

Da noch keiner der beiden Team-Jungen aufgetaucht war, gestattete sich Melanie die mürrische Bemerkung: „Von denen lockt mich keiner."

„Sven ist doch lieb. Und Frank ist auch nicht uninteressant."

„Der gefällt dir? Diese kleine Giftschlange? Alles, was ich bislang von ihm gehört habe, sind Klagen über seine Eltern."

„Sei nicht ungerecht!", widersprach Pamela. „Seine Ideen gestern waren wirklich steil. Außerdem kann ich ihm nachfühlen, dass er mit einem stockkonservativen Vater nicht gut auskommt. Und Semjon ..."

„Ach, der sieht doch auch bloß Gespenster."

In Wirklichkeit fand Melanie Semjon gar nicht so übel, aber sie war schlecht gelaunt, weil sie Pamela Recht geben musste: Sich weiter um Julian zu bemühen bedeutete nur Stress. Die Konkurrenz war rücksichtslos, und Sanders würde das Seine dazutun, den jungen Mann von seinen übereifrigen Verehrerinnen zu trennen. Aber es tat weh, solche vernünftigen Gedanken zu denken. Manchmal durchfuhr sie eine solche Welle der Leidenschaft, dass sie sich mit aller Gewalt zurückhalten musste, um nicht einfach aufzuspringen und ihm um den Hals zu fallen. In der Nacht hatte sie in einem fort von ihm geträumt, verheißungsvolle Träume, in denen er ihre Hand gehalten und sich zu ihr heruntergebeugt hatte in der deutlichen Absicht, sie zu küssen ... Aber bevor es dazu gekommen war, war der Traum geplatzt wie eine Seifenblase, weil Rolfs blödsinniges Waldhorngetute sein zartes Gewebe zerrissen hatte.

Nach dem Frühstück setzten sie sich im Halbkreis auf der Wiese draußen nieder und lauschten Professor Wendelin, der einen Vortrag über die Zeit der Gegenreformation hielt. Es war ein gelehrter und tiefgründiger Vortrag, aber Melanie ertappte sich doch häufig dabei, wie ihre Gedanken abschweiften. Vor allem wanderten ihre Blicke immer wieder zu dem Hotel am Berghang. Die strahlende Morgensonne und die klare Luft ließen es um nichts freundlicher erscheinen, im Gegenteil, sie hoben mit gnadenloser Deutlichkeit hervor, wie schmutzig und vernachlässigt es war. Alles, was einmal schön gewesen war – die vergoldeten Schnörkel entlang der breiten Terrasse, die riesigen französischen Fenster, die spitzen Türmchen mit ihren Metallhütchen und den Wetterfahnen darauf –, machte es jetzt nur noch hässlicher. Es sah aus wie eine verkommene alte Frau, die sich überreichlich mit billigem Schmuck behängt hat.

Frank manövrierte sich unauffällig an Melanie heran und flüsterte ihr ins Ohr: „Im Hotel wohnt jemand."

„Woher willst du das wissen?"

„Weil ich Licht gesehen habe. Ich musste in der Nacht auf die Toilette, und als ich vors Haus trat, sah ich im Hotel ein Licht brennen. Es wanderte hinter den französischen Fenstern hin und her, als suchte jemand nach etwas. Ich habe gute fünf Minuten zugesehen. Es war garantiert keine Sinnestäuschung."

Melanie zuckte betont die Achseln. „Na und? Vielleicht wohnt noch ein Hausmeister oder so jemand dort."

Frank schnitt eine Grimasse, die deutlich besagte: *Bist du naiv!* Laut sagte er: „Und warum? Das Haus steht doch leer, was gibt's da oben zu bewachen? Warum hat Sanders uns denn erzählt, dass niemand mehr im Tal wohnt? Na? Fällt deinem klugen Köpfchen was dazu ein?"

Melanie, die noch immer wegen Julian schlecht gelaunt war, ärgerte sich über Franks herablassende Art. Sie schnauzte ihn an: „Ja – dass an alledem nichts Besonderes ist und du dich nur wieder einmal wichtig machst. Scheint überhaupt deine Spezialität zu sein! Und jetzt halt den Mund, ich will den Vortrag des Professors hören." Das stimmte zwar nicht – Professor Wendelin war kein mitreißender Redner –, aber es schaffte ihr Frank vom Hals.

Plötzlich hallte das dumpfe Bellen eines Hundes vom Hotel herüber, fern, aber deutlich hörbar. Es war ein böser Laut, tief, grollend, voll mühsam zurückgehaltenem Zorn. Die Jugendlichen blickten auf und wandten alle gleichzeitig die Köpfe.

Sanders sprang mit einer gereizten Bewegung auf und entfernte sich ein Stück von der Gruppe, um sein Handy herauszuholen und ein längeres, heftiges Gespräch zu führen, nach der Art zu schließen, wie er mit der freien Hand herumfuchtelte. Das Hundegebell brach so schlagartig ab, dass der Verdacht nahe lag, jemand hätte den Hund mit einem scharfen Befehl zum Schweigen gebracht.

Sanders gab keine Erklärung ab, als er wieder zurückkehrte.

Zum Mittagessen blieben sie diesmal in der Jagdhütte. Danach kündigte Sanders an, dass die einzelnen Teams sich im Dorf umsehen und notieren sollten, was ihnen auffiel und worüber sie gerne mehr gewusst hätten. Wie beiläufig setzte er hinzu: „Es geht diesmal um das Dorf, das Hotel sehen wir uns zu einem späteren Zeitpunkt an. Bleibt vom Wald fern und geht nicht in die Häuser, auch wenn eine Türe offen steht. Die meisten Gebäude sind in einem bedenklichen baulichen Zustand. Ich will nicht, dass ihr irgendwo in den Keller stürzt oder euch die Zimmerdecke auf den Kopf fällt."

Zweifellos mit der Absicht, dass seine Anweisungen auch eingehalten wurden, gab er bekannt, dass das wissenschaftliche Team und er mit seinen beiden Assistenten ebenfalls im Dorf unterwegs sein würden und allen, die Fragen hätten, zur Verfügung stünden.

Im prallen Sonnenschein des frühen Nachmittags wirkte das Geisterdorf eher melancholisch als unheimlich. Melanies Team streifte gemächlich die Hauptstraße (und überhaupt einzige Straße) hinunter bis zum letzten Bergmannshaus, dann zurück zum Kirchplatz, wo sie die einzeln stehenden Villen der reichen Bewohner umrundeten und da und dort in die ebenerdigen Fenster schauten.

Das Innere bot in der Regel einen trübseligen Anblick. Leere Zimmer, an deren Wänden man noch die Reste von Tapeten und die Umrisse der Bilder und Möbel sah, in deren Ecken kleine Häufchen von zerknülltem Zeitungspapier und anderem Unrat lagen; Zimmer, deren säuerlicher Geruch durch die zerbrochenen Fenster ins Freie strömte.

Semjon bemerkte nachdenklich: „Im Fernsehen haben sie einmal einen Bericht über eine Kleinstadt in der Nähe von Tschernobyl gezeigt, die völlig verlassen wurde, weil alles radioaktiv verseucht war. Da sahen die Häuser genauso aus. Äußerlich intakt, aber innen leer."

Lucy, die offenbar dazu neigte, überall Unheil zu wittern, fragte besorgt: „Du meinst doch nicht, dass Murnau verlassen wurde, weil hier irgendetwas Schlimmes passiert ist? So etwas wie radioaktive Strahlung? Oder eine Krankheit?"

Frank fiel in seinem üblichen ätzenden Ton ein: „Keine Angst, Lucy, hier gibt es keine Radioaktivität. Nur ein paar harmlose Aliens, die mal eben schnell von Alpha Centauri herübergeflitzt kommen, um Menschen zu klauen. So habe ich es jedenfalls von unserem allwissenden Daniel gehört. Und du, Semjon? Gehörst du nicht auch zu den Ufologen? Ich hab so was läuten gehört."

Der füllige blonde Junge schüttelte sanft verneinend den Kopf. „Da hast du dich verhört. Ich sagte zu Daniel nur, dass ich dieselben Websites gelesen habe wie er. Übrigens glaube ich gar nicht, dass Daniel die Geschichten ernst nimmt. Er hat einfach Spaß daran, Sanders zu ärgern."

„Keine gute Idee", mischte sich Sven ein. „Sanders ist ein Mann, dem ich nicht begegnen möchte, wenn er so richtig wütend ist. Ich traue ihm zu, dass er..."

Er unterbrach sich verlegen, aber Frank beendete den Satz für ihn. Mit zuckersüßer Stimme flötete er: „... Leute verschwinden lässt, die ihm auf den Schlips treten. Wie seine Vorfahren das getan haben?"

„Sei nicht albern." Sven wünschte offensichtlich, er hätte nichts gesagt. „Das sind dämliche Gruselgeschichten."

Semjon kam Frank zu Hilfe. „Nein, Sven, er hat Recht. Es sind Menschen verschwunden. Dieser Einsiedler in der Höhle ..."

„Hast doch gehört. Entweder hat ihn ein Bär erwischt, oder er hat sich zu weit vorgewagt und ist in einen Schacht gestürzt."

„Aber Ellen Schumantz hat sicher kein Bär erwischt. Sie verschwand nämlich im Hotel – ausgerechnet am Abend ihrer Verlobungsfeier. Ein gutes Dutzend Leute ist im Lauf der Zeit im Haus der Sanders verschwunden oder in dem Hotel, das später an derselben Stelle gebaut wurde. Sind die vielleicht auch in einen Höhlenschacht gestürzt?"

Lucy blickte die drei Jungen unglücklich an. „Ich wünschte, ihr würdet nicht solche Schauergeschichten erzählen", klagte sie. „Mir ist ohnehin nicht geheuer. Ich bin es nicht gewohnt, so weit weg von aller Zivilisation zu schlafen, praktisch mitten im Wald, mit all den gruseligen Ruinen in nächster Nähe." Sie errötete sichtbar. „Und ich wünschte, wir müssten nicht aus dem Haus gehen, wenn wir nachts auf die Toilette müssen. In der Küche schläft dieser wunderliche Mensch, das ist schon schlimm genug, und dann der kalte, miefige Anbau ..."

Jovanka, in der solche Ängste keinen Widerhall fanden, lachte. „Da hättest du eben einen Nachttopf mitbringen müssen."

„Mach bitte keine Witze!" Lucy war jetzt anzusehen, dass sie sich wirklich elend fühlte. „Ich möchte am liebsten wieder nach Hause. Aber ich kann nicht ... Ich meine, ich würde mich zu Tode schämen, wenn ich nach ein paar Tagen zurückkäme und in der Gemeinde erzählen müsste, dass ich zu feige war, das Projekt durchzustehen. Die haben nämlich den Aufenthalt für mich bezahlt ... Meine Mutter ist Witwe, sie hätte es sich niemals leisten können."

Sie wussten nicht so recht, was sie darauf sagen sollten, bis Jovanka sich zu Wort meldete. „Hör zu, Mäuschen, ich verstehe zwar nicht, wovor du dich eigentlich fürchtest, aber du kannst mit Pamela tauschen und neben mir schlafen. Wenn du raus musst, weckst du mich einfach auf, und ich komme mit und beschütze dich vor dem Horror im Waschraum."

„Im Ernst ... oder foppst du mich?", fragte Lucy mit ihrer dünnen Stimme.

„Hundertprozent im Ernst!", bekräftigte Jovanka.

Lucy lächelte scheu. „Oh du, das ist lieb von dir. Wirklich. Es war nämlich so, dass ich ... also dass ich in der ersten Nacht, die wir hier geschlafen haben, raus musste, und da hatte ich das Gefühl, dass mich jemand beobachtet."

Melanie runzelte die Stirn. „Beobachtet? Vom Haus aus?"

„Nein, das wäre nicht so schlimm gewesen. Ich hatte das Gefühl, dass drüben im Männerabteil jemand war."

Frank zuckte die Achseln und grinste. „Auch Männer müssen manchmal nachts raus."

Lucy geriet in Erregung, als sie merkte, dass er sich über sie lustig machte. „Dann hätte er doch Antwort gegeben, oder? Ich habe nämlich gefragt: ‚Ist da jemand?', aber nichts rührte sich."

„War das Licht an oder aus?", fragte Semjon.

„Aus. Ich habe es eingeschaltet und spürte genau, dass jemand da war."

„Das hast du dir bloß eingebildet." Jovanka legte ihr beruhigend die Hand auf die Schulter. „Hättest du nachgesehen ..."

„Ich bin doch nicht verrückt!", platzte es aus Lucy heraus. „Ich wäre beinahe gestorben vor Angst! Wenn ich in das Männerabteil geschaut hätte, hätte er mich sicher angegriffen. Und es war jemand da, absolut sicher. Ich habe ihn atmen gehört, und ich habe den Rauch seiner Zigarette gerochen. Ich bin schnell wieder herausgerannt und ... und bin dann hinter einen Busch gegangen. *Lieber von Füchsen und Wieseln angefallen werden,* dachte ich, *als in dieses unheimliche Loch hinuntersteigen!"*

Sie rätselten noch eine Weile hin und her, kamen aber der Lösung keinen Schritt näher. Melanie fiel auf, dass niemand den nahe liegenden Vorschlag machte, Rob Sanders von dem Zwischenfall zu erzählen und ihn um Rat zu bitten ...

Die drei Wissenschaftler durchstreiften wie angekündigt das Dorf. Immer wieder wandten sich einige der jungen Leute mit Fragen an sie. *Es ist eine kluge Methode,* dachte Melanie, *sie selbst ihre Fragen formulieren zu lassen,* anstatt ihnen kurzerhand eine Serie von Vorträgen zu halten. Vor allem Dr. Soltau war eine unerschöpfliche Quelle des Wissens. Sie beantwortete alle Fragen mit großer Leichtigkeit und Sicherheit. Nachdem sie anfangs angesichts der vielen Jugendlichen etwas unbeholfen gewesen war, fühlte sie sich jetzt völlig in ihrem Element und entpuppte sich als eine ebenso gescheite wie witzige Frau. Es dauerte nicht lange, bis eine Traube von jungen Leuten an ihr hing und sie mit Fragen löcherte.

Weniger populär – jedenfalls bei den Mädchen – war Dr. Elvira Strohm, die Theologin. Das hatte allerdings nichts mit ihrem Wesen zu tun, sondern lag schlicht und einfach daran, dass sich Julian Milford offenbar für die hübsche junge Frau zu interessieren begann. Er überließ es Daniel, diensteifrig neben Sanders herzurennen und ihm den Laptop und die Videokamera nachzuschleppen, und hängte sich lieber an Dr. Strohm.

Sanders schien es nichts auszumachen, dass einer seiner Assistenten ihn im Stich ließ. Melanie sah ihren Verdacht bestätigt, dass er Julian überhaupt nur „engagiert" hatte, um zu verhindern, dass das Interesse der Mädchen sich ausschließlich auf ihn konzentrierte. Dass der junge Mann Gefallen an der Theologin gefunden hatte, erfüllte denselben Zweck. Es war nicht zu verkennen, dass die beiden sich ausgezeichnet unterhielten, während sie gemächlich den Bach entlangschlenderten. Dass ihnen etliche Augenpaare voll Groll und Eifersucht nachspähten, bemerkten sie nicht – oder taten so, als ob sie es nicht bemerkten.

# Unerwünschte Gesellschaft

Als Nächstes stand die Kirche auf dem Programm.

Sanders führte die Truppe einen verwahrlosten Kiesweg entlang, durch das Eibengebüsch und hin zur Hauptpforte des schlichten Gotteshauses. Als er die Türe – die grässlich in ihren ungeölten Angeln kreischte – aufzog, entwich dumpfe Luft, und Staub wirbelte auf. Durch die bunten Glasfenster mit ihrem Zierrat aus geometrischen Formen fiel schillerndes Sonnenlicht ins Innere. Huschende Bewegung brach in den Bankreihen aus, als ein Dutzend erschrockener Mäuse vor dem Lärm flüchtete.

Die Glasfenster bildeten den einzigen Schmuck der Kirche. Alles schien noch genauso zu sein, wie es zu Adam Sanders' Zeiten gewesen war. Das Lesepult vor dem schlichten Altar, die hölzernen Bänke, die eher an Schulbänke erinnerten, so breit war der Vorderteil ... Und da rief Lucy auch schon aus: „Da sind ja Tintenfässer in den Kirchenbänken! Wo gibt es denn so etwas? Oder irre ich mich?"

„Nein, du hast schon richtig gesehen", erklärte Sanders lachend. „Die Kirche war nämlich lange Zeit auch die Schule, und der Pastor war gleichzeitig der Lehrer."

Melanie blickte zu den hölzernen Deckenbalken auf. Ein Rest der friedlichen, frommen Atmosphäre, die hier geherrscht hatte, war noch spürbar. Klar und schlicht, bescheiden und schön stand das dreihundertjährige Gotteshaus da, ein Spiegel des Glaubens, der es erbaut hatte. Obwohl man ihm sein Alter und die Zeit der Vernachlässigung drastisch ansah, wirkte es immer noch freundlich, wie ein lieber alter

Mensch. Und obwohl es schon so lange da stand und so viel gesehen hatte, wirkte es nicht überkommen. Es konnte sich in jede Zeit fügen, weil das, was ihm Gestalt gegeben hatte, in jeder Zeit gleich neu und lebendig war. Die übrigen Häuser in Murnau waren in ihrer Epoche stecken geblieben, *aber hier,* so dachte Melanie, *braucht man nur einmal mit dem Besen durchfahren und es würde so neu wie an seinem ersten Tag sein.*

Sie wandte sich an Sanders. „Es ist schade, dass die Kirche abgerissen wird."

„Wir bemühen uns darum, dass das nicht der Fall sein wird. Sie soll renoviert werden und an besonderen Feiertagen den Gläubigen offen stehen. Dr. Soltau ist da völlig auf meiner Seite, die Theologen auch. Aber die Finanzierung ist ein Problem."

Viel gab es in der Kirche nicht zu sehen, also verließen sie sie bald wieder und wandten sich den übrigen Gebäuden zu. Viele hatten ihre Kameras mitgebracht, in jedem Team waren „offizielle" Fotografen tätig. In Melanies Team war es Jovanka, die mit ihrer Digicam von einer Straßenseite auf die andere sprang und knipste, was das Zeug hielt.

Sie waren mitten in der Besichtigung des Dorfes, als plötzlich Sanders' Benehmen die Aufmerksamkeit der gesamten Gruppe auf sich zog. Obwohl er sie davor gewarnt hatte, die Häuser zu betreten, eilte er auf eines der windschiefen Gebäude am Bach zu, werkelte an der verklemmten Türe herum, bis sie aufsprang, und trat ins Innere. Rolf Johany folgte ihm. Keine Minute später kamen sie wieder heraus, liefen zum Nachbarhaus, umrundeten es und blickten in alle Fenster. Dann begutachteten sie die Türe und vor allem das Schloss, das offensichtlich aufgebrochen worden war.

Dr. Soltau, die dieses Gehaben ebenso überrascht beobachtete wie die jungen Leute, fragte: „Stimmt etwas nicht, Herr Sanders?“

Der Projektleiter hob einen rot glänzenden Gegenstand auf, den er im Haus gefunden hatte – eine zerknitterte Coladose. „Jemand war in den Häusern ...“

„Ist das denn verboten?“, fragte die Heimatforscherin. „Sie sind doch verlassen, oder? Vielleicht haben Wanderer vor dem Regen Schutz gesucht. Oder Kinder haben darin gespielt.“

„Weder noch“, antwortete Sanders barsch. „Gestern war das Schloss hier noch in Ordnung, das weiß ich ganz genau. Und diese Dose liegt auch erst ein paar Stunden hier. Sehen Sie!“ Er drehte die Dose um, schüttelte sie, und ein Rest Cola tropfte heraus. „Nein, hier hat jemand eingebrochen.“

Elvira Strohm mischte sich verlegen lachend ein. „Aber es sind doch leere Häuser. Warum sollte da jemand einbrechen?“

Sanders wollte gerade antworten, als mit einem Mal Motorenlärm laut wurde. Ein Jeep kam die Straße entlanggerattert. Am Steuer saß ein bulliger, schnauzbärtiger blonder Mann. Außerdem befanden sich noch vier Passagiere in dem Fahrzeug.

Sanders sah den Wagen und sprang vor wie ein Raubtier. „Verdammt noch mal, Steiner!“, schrie er. „Ich habe dir gesagt, du sollst uns in Frieden lassen!“

Steiner bremste und grinste den wütenden Projektleiter höhnisch an. „Das hast du gesagt. Aber du hast mir nichts zu befehlen. Das Tal gehört weder dir noch mir. Ich kann mit meinen Gästen hier durchfahren, sooft ich will. Wenn es dir nicht passt, ruf deine Rotznasen zusammen und sag ihnen, sie sollen weggucken, bis wir vorbei sind.“

Sanders warf ihm die Coladose zu. „Sag deinen Gästen

lieber, dass sie kein Recht haben, Türen aufzubrechen und ihren Abfall in den Häusern liegen zu lassen!"

„Das ist doch wirklich lächerlich." Die Frau im fliederfarbenen Hosenanzug, die neben Steiner gesessen hatte, sprang aus dem Jeep und trat einen Schritt auf Sanders zu. Sie war groß und außerordentlich attraktiv. Eine Löwenmähne hellblonder Ringellocken umrahmte ein schmales, scharf geschnittenes Gesicht. Mit strenger Stimme fuhr sie fort: „Meine Herren, Sie benehmen sich wie kleine Kinder!" Sie streckte Sanders mit einer versöhnlichen Geste die Hand hin. „Ich bin Dr. Isabel Grierson. Das sind meine Mitarbeiter." Eine Handbewegung bezeichnete die beiden Männer und die Frau, die noch im Jeep saßen. „Was sind denn das für unsinnige Vorwürfe? Wir haben keine Türen aufgebrochen."

„Nein? Und was ist das?" Sanders rasselte vorwurfsvoll mit der Kette, die jetzt nutzlos an der Türe hing.

Dr. Grierson schien ehrlich erstaunt. „Damit haben wir nichts zu tun."

„Nein? Vielleicht hat sich zufällig ein Alien in dieses Haus geflüchtet, und Sie haben es verfolgt?"

„Unsinn!", antwortete sie scharf. „Wir waren nicht in diesem Haus. Übrigens auch in keinem anderen." Dann verschwand die Schärfe aus ihrer Stimme, und sie lächelte einschmeichelnd. „Wir müssen uns doch nicht streiten, oder? Sie führen Ihr Projekt durch und wir das unsere. Das Tal ist sicher groß genug für uns beide. Warum können wir denn nicht in Frieden nebeneinander arbeiten?"

Sanders grollte. „Weil ich nicht will, dass Sie mir die Kinder mit Ihrem esoterischen Unsinn verrückt machen. Und außerdem habe ich Ihnen, glaube ich, deutlich genug gesagt, dass ich Sie in der Nähe meines Hauses nicht mehr sehen will. Das nächste Mal lässt Brugger den Hund los, das kann ich Ihnen garantieren. Ich habe Sie zum letzten Mal gewarnt. Das Haus ist immer noch mein Besitz."

„Wir haben es nicht betreten!", konterte Dr. Grierson scharf. „Wir befanden uns auf öffentlichem Grund und Boden, als dieser Gorilla mit seinem Killerhund herausstürzte und uns beschimpfte und bedrohte!"

Sanders grinste sie bösartig an. „Okay, Sie waren im Recht. Das wird Ihnen sicher ein Trost sein, wenn Bull Ihnen erst mal einen ordentlichen Happen aus dem Hintern gebissen hat."

„Also, das ist doch wirklich ..." Die Frau trat einen Schritt zurück, Empörung und Angst spiegelten sich auf ihrem Gesicht. Mit einiger Mühe fasste sie sich wieder. „Herr Sanders, wir wollen nichts als in Frieden hier arbeiten. Dieses Projekt ist sehr wichtig für die UFO-Forschung. Wir sind überzeugt, dass die Vorgänge hier ..."

Dr. Soltau sah, wie die beiden Kontrahenten immer mehr in Zorn gerieten, und bemühte sich, den Streit zu schlichten. Sie trat vor und lächelte die Ufologin an. „Das wissen wir, Frau Dr. Grierson. Wir wollen Sie nicht daran hindern, Ihre Arbeit im Rahmen der gesetzlichen Vorschriften – zu denen allerdings auch Herrn Sanders' Recht auf Hausfrieden gehört – zu tun. Aber Sie müssen auch verstehen, dass unsere weltanschaulichen Standpunkte ziemlich weit auseinander liegen und wir die jungen Leute nicht in Verwirrung stürzen wollen."

„Ziemlich weit auseinander?", fragte Isabel Grierson zurück und zog in gespieltem Erstaunen die Augenbrauen hoch. „Wieso denn eigentlich? UFOs werden bereits in der Bibel – im Buch Hesekiel – erwähnt und dass Jesus der Kommandant eines Raumschiffs ..."

Dr. Soltau unterbrach sie freundlich, aber sehr bestimmt. „Genau das meinte ich mit weit auseinander liegenden Standpunkten."

Dr. Grierson legte den Kopf schief, kniff die Augen zusammen und musterte die ältere Frau mit einem ebenso neckischen wie herausfordernden Lächeln. „Haben Sie Angst, Ihre Schutzbefohlenen könnten über Ihre dogmatische Nasenspitze hinaussehen, wenn sie sich mit uns unterhalten?"

„Nein. Aber wir haben ein konkretes Arbeitsziel und ein dicht gedrängtes Programm, um es zu erreichen. Und wir wollen nicht abschweifen, indem wir UFOs jagen."

„Was jagen *Sie* denn?", fragte Isabel Grierson schnippisch. „Kleine rosige Engelchen?"

Sanders hatte die Pause genutzt, um sich wieder zu beruhigen. Jetzt mischte er sich von neuem ins Gespräch. „Machen Sie, was Sie wollen. Aber bleiben Sie von meinem Haus fern, und verzichten Sie darauf, zu missionieren. Unter diesen Bedingungen können wir miteinander auskommen. Und jetzt auf Wiedersehen, wir haben zu tun."

Natürlich war die Sache nicht damit erledigt, dass Steiner mit seiner Ufologenschar davonbrauste. Die Erwachsenen hatten alles Interesse an den Ruinen des Dorfes verloren und schritten tief ins Gespräch versunken die Straße entlang, während die Jugendlichen mit gedämpften Stimmen den Vorfall diskutierten.

„Wer ist dieser Steiner eigentlich?", wollte Jovanka wissen. „Es hieß doch, dass hier niemand mehr wohnt?"

„Die Familie Steiner besitzt einen Hof, hoch oben auf einer Passhöhe zwischen dem Hohen Joch und der Breiten Mauer", erklärte Sven. „Der Steiner-Hof steht schon eine Ewigkeit dort oben und ist bis heute eine Raststation für Wanderer. Allerdings ist nicht mehr viel los, seit die Straße im Süden ausgebaut wurde, denn der Hof ist nur zu Fuß oder mit dem Jeep zu erreichen. Die Touristen fahren heutzutage lieber mit den Autos bis zu den Klettersteigen und lassen den Pass links liegen. Micha Steiner, der jetzige Besitzer, lebt hauptsächlich von der Vermietung seiner Fremdenzimmer."

„Ich möchte wirklich wissen", meldete sich Frank zu Wort, „was Sanders zu verbergen hat, dass er solche Angst davor hat, diese neugierigen Grüne-Männchen-Jäger könnten die Nase in sein Hotel stecken. Sogar einen Wächter mit Hund hat er engagiert! Findet ihr nicht, dass da was faul sein muss?"

Jovanka widersprach. „Er kann die Leute nicht ausstehen, und ich wäre auch nicht begeistert, wenn solche Typen auf meinem Besitz rumlaufen würden. Dr. Isabel Grierson scheint ziemlich arrogant und sehr von sich eingenommen zu sein. Und Anne Soltau hat Recht: Wir sind nicht hier, um jeden Tag darüber zu diskutieren, ob Hesekiel in einem UFO in den Himmel gefahren ist. Das bringt nur Ärger und Durcheinander."

Natürlich hatte sie Recht, aber Melanie konnte sich doch die Bemerkung nicht verkneifen: „Ich wüsste schon gerne, was Ufologen eigentlich machen. Stellen sie versteckte Kameras auf und lassen Tonbänder laufen, wie Geisterjäger das machen?"

Niemand wusste eine Antwort.

„Informieren könnte man sich mal", schlug Frank schließlich vor. „Sanders muss ja nichts davon erfahren."

„Wenn du etwas hinter Sanders' Rücken machst, was ihm nicht passt, reißt er dir die Ohren ab", prophezeite Sven. „Abgesehen davon, dass er dich postwendend zu deinem Papa heimschickt."

Frank bekam keine Gelegenheit, auf diese Drohung zu antworten, denn Lucy stellte die Frage: „Sagt einmal – wenn Dr. Grierson die Wahrheit gesagt hat, wer ist denn dann eigentlich in das Haus eingebrochen und hat die Coladose im Nachbarhaus weggeworfen? Ich möchte jetzt keinen Blödsinn reden, aber schleicht vielleicht jemand hier herum, von dem wir nichts wissen?"

„Dein unheimlicher Keucher im nächtlichen Waschraum?", neckte Jovanka sie.

Aber Pamela schüttelte den Kopf. „Lass sie, Jovanka. Kann gut sein, dass Lucy Recht hat. Sanders sah ziemlich verdutzt und besorgt aus, als er die Dose gefunden hat. Ich finde, wir sollten ihm lieber von deinem Erlebnis erzählen."

Eine Weile wurde darüber diskutiert, aber dann entschlossen sie sich, mit dem Projektleiter zu reden.

Sie stellten fest, dass Sanders Lucys Bericht sehr ernst nahm, denn er mahnte die Mädchen, zu zweit zu gehen, falls sie in der Nacht hinausmüssten. Dann klatschte er laut in die Hände und rief die Teams zusammen. „Letzter Programmpunkt für heute ist der Friedhof. Alle mitkommen!"

Zuerst ging es ein Stück den steilen Hang in Richtung Hotel hinauf. Bevor sie jedoch das geheimnisumwitterte Haus erreichten, bog ein schmaler Pfad nach links ab, und sie gelangten auf einer vorspringenden Schulter des Berges zum Friedhof des Dorfes. Von riesigen Tannen beschattet, lag er auf einer Lichtung, die rundum mit Buxbaum eingefriedet war. Die Hecken hatten ausgetrieben und vermischten sich mit dem Wald, als seien sie schon immer ein Teil von ihm gewesen. Die Gräber waren jedoch noch einigermaßen gepflegt.

Der Friedhof von Murnau bestand aus zwei Teilen, wie

ihnen Sanders erklärte: dem historischen Teil mit den Grabstellen bis 1850 und dem modernen ab diesem Zeitpunkt. Im Herbst sollten sämtliche Gräber exhumiert und die Überreste unter einem gemeinsamen Grabmal auf dem Friedhof von Fürstenbrunn beigesetzt werden. Die Grabsteine und -kreuze sollten dann an das Heimatmuseum in Rehwald gehen, in dem man den Murnauern einen eigenen Raum widmen würde.

„Wir wollen den Friedhof in seinem jetzigen Zustand ausführlich dokumentieren. Ich schlage vor, dass sich die Teams gleich an die Arbeit machen: Team eins und vier fotografieren und zeichnen den Friedhof, Team zwei und drei die Kirche und den Kirchplatz mit den Villen der Ältesten. Wir treffen uns in zwei Stunden an der Brücke wieder."

Die Jugendlichen machten sich an die Arbeit. Eine Weile war nichts zu hören außer leisen Gesprächen und dem Klicken der Kameras. Jovanka und Frank fotografierten Grab für Grab im historischen Teil – das andere Team hatte den neuen Teil übernommen –, während Lucy, die sich als ausgesprochen begabte Zeichnerin erwiesen hatte, Skizzen anfertigte. Pamela notierte die Namen auf den Grabmälern. Sven und Melanie bekamen die Gräber zugeteilt, die abseits im Schatten einer riesigen Eibe lagen: Das waren die Grabstätten der Fremden, die in Murnau ihre letzte Ruhestätte gefunden hatten. Zahlreiche der dort Bestatteten waren namenlos geblieben. Ihre Gräber trugen Metallschildchen mit Inschriften wie: *„Erfroren am Hohen Joch"*, *„Tot aufgefunden im Wald"*, *„Ein Handwerksgesell"*, *„Ein reisender Händler"*, *„Ein Weib und kleiner Knabe, beide unbekannt"*. Die meisten stammten aus alter Zeit, aber auch im 19. und 20. Jahrhundert waren tödlich verunglückte Bergsteiger und Wanderer dort beigesetzt worden.

Als die Jugendlichen mit der Arbeit fertig waren, setzten sie sich ins Gras und erfrischten sich mit ein paar kräftigen Schlucken Tee aus ihren Plastikflaschen.

Lucy blickte zum Haus hinauf und bemerkte: „Muss ein komisches Gefühl sein, jedes Mal auf den Friedhof runterzugucken, wenn man sich aus dem Fenster beugt."

Jovanka zuckte die Achseln. „Wer glaubt denn schon an Geister?"

Frank lehnte sich zurück und verdrehte demonstrativ die Augen. „Mein Vater und seine Kumpel glauben das sofort."

„Wirklich?", fragte Pamela.

Frank antwortete: „Früher war mein Vater nicht so. Da war er ein völlig normaler Pfarrer. Aber dann fuhr er zu irgendeinem Erweckungsseminar, und als er zurückkam, war er völlig verdreht. Von einem Tag auf den anderen war alles verboten."

„Und das nimmst du einfach so hin?", wollte Sven wissen.

„Natürlich nicht." Wie er dann erzählte, trat er seinem Vater nicht offen entgegen, weil Diskussionen ohnehin abgewürgt wurden. Dafür ließ er heimlich die Sau raus. Er hatte einen Kumpel in der Jugendgruppe, Geert, einen älteren Jungen, der bei seinem Vater hoch im Kurs stand, aber insgeheim genauso unzufrieden war. Stolz berichtete er: „Ich gehe so ein- oder zweimal in der Woche zu ihm, angeblich zum Bibelstudium, und dann lassen wir es uns gut gehen. Geert hat immer den Bunker voll mit Alk und Videos und meistens sogar was zum Kiffen. Das sind dann die Stunden, wo ich mich wirklich lässig fühle. Ich muss bloß auf dem Heimweg schnell noch die Bibelverse durchgehen, die wir angeblich studiert haben. Wenn ich Pech habe, prüft der Alte nämlich nach." Er lachte laut auf, streckte die Arme über den Kopf nach hinten und verschränkte die Finger, dass sie knackten.

Lucy sah ihn an, schluckte, blickte beiseite und platzte dann unvermutet heraus, als hätte ihr jemand einen harten Stoß in den Rücken gegeben: „Ich weiß, du wirst sauer sein, wenn ich das sage ... aber ich finde das überhaupt nicht cool. Du belügst deinen Vater, du machst alles heimlich, du ..."

„Na was", unterbrach Frank sie gereizt. „Soll ich vielleicht lauthals verkünden: ‚Ey, Paps, ich gehe jetzt Saufen und Kiffen und brutale Videos angucken?'"

Lucy war anzusehen, dass sie von Kopf bis Fuß vor Nervosität bibberte. Sie fürchtete sich vor der giftig-aggressiven Art des Jungen, aber sie konnte nicht anders als ihm sagen, was sie ihm ihrer Meinung nach unbedingt sagen musste. „Du solltest es gar nicht erst tun, das meine ich! Du bist Christ ..."

„Nein, bin ich nicht", gab der Junge mit kalter Stimme zurück. „Ich tu bloß so, weil ich nicht den Mumm habe, mich mit einem rabiaten Fanatiker anzulegen. Wenn ich ihm sage, was ich wirklich denke, trommelt er alle Gemeindeältesten zusammen und treibt mir den Teufel aus."

Melanie bemühte sich, das unerfreuliche Gespräch abzubrechen. Sie warf einen Blick auf die Armbanduhr und mahnte: „Es wird Zeit, dass wir losmarschieren, sonst sind wir nicht rechtzeitig an der Brücke." Sie registrierte erleichtert, dass alle ihr zustimmten und sich auf den Weg machten.

# Recherchen im Cyberspace

In den nächsten Tagen waren die jungen Leute hauptsächlich damit beschäftigt, einen Grundriss des Dorfes zu erstellen und zu jedem Haus die Namen der dort ansässig gewesenen Familien einzutragen. Es war eine aufwändige und viel Konzentration erfordernde Arbeit, sodass alle zumindest eine Weile lang abgelenkt waren.

Die Ufologen hielten sich an den Rat, sich um ihre eigenen Angelegenheiten zu kümmern. Melanie sah sie gelegentlich in Steiners Jeep durchs Tal rumpeln oder im Wald herumstreifen, aber sie gingen ihnen aus dem Weg und machten offenbar auch keinen Versuch mehr, sich dem Hotel zu nähern, denn das grollende Bellen des Hundes war nicht mehr zu hören.

Am Freitag war ein Ausflug nach Fürstenbrunn geplant, wo es außer mehreren Supermärkten auch eine Münzwäscherei, ein Freibad und ein Internetcafé gab. Schon am frühen Morgen erschien der blaue Bus und transportierte alle Projektteilnehmer in den Außenposten der Zivilisation.

Katrin und Vanessa gebärdeten sich, als hätten sie Jahre in der wildesten Einöde verbracht. Beide waren mehrmals kurz davor gewesen, ihren Aufenthalt abzubrechen. Ein Leben ohne tägliches Schaumbad, stundenlange Schminkzeremonien und MTV war für sie undenkbar.

Melanies Team hatte es ebenfalls kaum erwarten können, nach Fürstenbrunn zu kommen, aber aus einem anderen Grund. Nachdem sie alle ihre Wäsche in die Maschinen der Münzwäscherei gestopft hatten, eilten sie ins Internetcafé und stürzten sich auf den nächsten freien Terminal.

Rasch stellten sie fest, dass Semjon und Daniel die Wahrheit gesagt hatten. Die Suchmaschine spuckte für den Begriff „Murnau“ seitenweise Treffer aus. Dabei waren es nicht nur die Heimatforscher und Theologen, auf deren Websites das Dorf lang und breit besprochen wurde, sondern auch, wie Semjon bereits festgestellt hatte, die Esoteriker – und zur allgemeinen Überraschung auch einige Anthropologen und Gerichtsmediziner. Hauptursache für das esoterische und medizinische Interesse war ein geheimnisvoller Fund, den die neuen Siedler einige Jahre nach ihrer Ankunft in den Bergen gemacht hatten.

In einer schattigen Mulde, in die kaum jemals ein Sonnenstrahl fiel, hatten sie im Schnee einen mumifizierten Leichnam entdeckt, der sehr merkwürdige äußere Kennzeichen aufwies: „Nicht größer als ein siebenjähriges Kind, aber von gewaltigem Knochenbau, mit einem Schädel wie ein Stier, dicken Knochenwülsten über den Augenlöchern und missgestalteten Händen und Füßen.“

Eine der Websites enthielt eine Zeichnung, die der damalige Lehrer von Murnau angefertigt hatte. Sie zeigte einen zwergenhaften, aber enorm breiten und stämmigen Körper mit mächtigen Stirnwülsten und verkrümmten Knochenhänden. Eine grobe, verfilzte Haardecke umhüllte den Schädel wie eine Löwenmähne. Ob der Leichnam, der seitlich zusammengekauert auf dem steinigen Boden lag, einmal bekleidet gewesen war und womit, war nicht mehr zu erkennen gewesen.

Es hatte eine lange Debatte unter den Dörflern gegeben, ob man es mit einem toten Menschen oder einem Dämon zu tun hätte, ob man ihn begraben sollte, und wenn ja, ob auf dem Friedhof oder gleich an der Stelle, wo man ihn gefunden hatte. Schließlich hatten zwei Argumente die Sache entschieden. Pastor Martin Brugger hatte erklärt, dass Dämonen keinen fleischlichen Körper hätten und man folglich auch keine Überreste von ihnen finden könnte. Adam Sanders, der weit umhergekommen war, wies darauf hin, dass es unter den vagabundierenden Gauklern und Bettlern viele gäbe, die noch seltsamer missgestaltet seien. Man kam also zu dem Schluss, dass es sich um einen menschlichen Leichnam handelte.

Dennoch konnten sich die Murnauer nicht überwinden, ihn auf ihrem eben erst angelegten Friedhof zu bestatten: „Sie wurden von Grauen erfasst, wenn sie ihn ansahen, obwohl sie doch schon vielmals tote Cörpper gesehen hatten, und wollten nicht leiden, dass er unter Christenmenschen zu liegen kämme“, notierte der Geistliche. Also bestattete man ihn auf der Bergeshöhe in einem namenlosen Grab unter aufgehäuften Steinen.

Wo genau sich das Grab befand, war nicht erwähnt worden, sehr zum Ärger späterer Anthropologen, die die mysteriöse Mumie gerne gesehen hätten. Einige waren der Ansicht, es hätte sich um einen prähistorischen Menschen gehandelt, der – ähnlich wie der berühmte „Ötzi“ in Südtirol – in der Eiseskälte der Berge konserviert geblieben war. Andere Gelehrte widersprachen heftig: Diese Theorie sei lächerlich, nach der Schilderung in der Murnauer Chronik sei anzunehmen, es handele sich um die Überreste eines zwergenhaft verkrüppelten Mannes namens Gregorius Maintzer, eines reisenden Wunderdoktors, der öfter in der Umgebung aufgetaucht war. Nein, auf keinen Fall!, konterten Gerichtsmediziner und Anthropologen der Gegenseite: Die Knochen seien typisch für altsteinzeitliche Menschen

… und so weiter, viele Seiten lang. Die Fachleute waren untereinander mindestens so heftig zerstritten wie mit den Ufologen, über die sie sich nicht genug lustig machen konnten.

Die Esoteriker waren der Ansicht, dass es sich um ein Wesen von einem anderen Stern handelte, einen interstellaren Raumfahrer, der mit seinem Schiff verunglückt war. Folglich waren sie genauso gierig wie die Anthropologen, das Skelett zu entdecken und den Beweis zu erbringen, dass außerirdische Wesen die Erde besucht hatten. Seit den 1950er Jahren waren wiederholt Gruppen auf die Berge gestiegen, um die unmarkierte Grabstätte zu finden. Ganze Mannschaften hatten die Wälder in der Hoffnung durchstreift, dort Überreste des verunglückten UFO aufzustöbern – freilich bislang vergeblich.

Dass Dr. Grierson und ihr Team jetzt so eifrig an der Arbeit waren, erklärte sich daraus, dass der Heimliche Grund mit Ende des Sommers praktisch unzugänglich sein würde: War das Tal erst einmal zum Quellschutzgebiet erklärt, so durfte es nicht mehr mit Autos befahren werden. Wanderer durften sich nicht mehr längere Zeit darin aufhalten, sondern es nur noch auf den markierten Wegen passieren.

Das hieß, dass intensive Nachforschungen aller Art unmöglich wurden. Kein Wunder, dass viele Ufo-Forscher – die überhaupt leicht dazu neigten, sich von finsteren Verschwörungen umlauert zu sehen – überzeugt waren, die Sperre erfolge aus einem völlig anderen Grund: Der Quellenschutz sei nur ein Vorwand, um zu verhindern, dass der schlagende Beweis für die Existenz außerirdischer Besucher gefunden würde!

„Der esoterische Quatsch ist nicht so toll interessant. Sehen wir lieber nach, ob etwas von den Verschwundenen zu finden ist", drängte Frank.

Auch diese Suche war bald erfolgreich. Rund zwei Dutzend Menschen waren, glaubte man den Quellen im Internet, seit der Besiedlung des Heimlichen Grundes spurlos verschwunden: Männer, Frauen und Kinder, Einheimische und Fremde, Alte und Junge. Für die Ufologen war das Grund genug, anzunehmen, dass außerirdische Schiffe bereits seit Jahrhunderten regelmäßig das einsame Tal angeflogen und dort Menschen entführt hatten.

Eine andere Theorie besagte, die Murnauer hätten mit den Außerirdischen einen Pakt geschlossen und ihnen im Austausch für „fortschrittliche Technologie" Menschen für ihre genetischen Experimente geliefert. Deshalb seien sie so erfolgreich beim Holzschlagen und vor allem im Bergbau gewesen.

Wieder andere Esoteriker behaupteten, das Bergwerk sei gar kein richtiges Bergwerk gewesen, sondern ein geheimer Hangar für UFOs, den die Murnauer in Stand hielten: Dafür hätten ihnen die Außerirdischen die Silberminen gezeigt. War es nicht bemerkenswert, dass diese Schätze im Berginneren so kurz nach der Ankunft der Siedler entdeckt worden waren?

Jovanka schüttelte heftig den Kopf und lehnte sich mit verschränkten Armen zurück. „Ich mache Schluss, ist mir alles zu blöd!", erklärte sie kategorisch. Sie stand auf und streckte sich mit knackenden Gelenken. „Ich gehe Eis essen. Wer kommt mit?"

Die anderen lehnten jedoch ab. Auch wenn sie Jovankas Ansicht teilten, dass die ufologischen Theorien äußerst abgedreht klangen, waren sie doch neugierig, was es über Murnau sonst noch im Cyberspace zu finden gab.

„Tatsache ist", erklärte Frank, nachdem sie ein gutes Dutzend Dokumente studiert hatten, „dass diese Leute wirklich verschwunden sind. Das sind keine Märchen und Sagen."

„Ja, okay", stimmte Sven ihm zu. „Aber ihr Verschwinden kann tausend Gründe haben. Du hast doch gehört, was Sanders sagte, wie gefährlich der Kalkstein mit seinen Löchern ist. Denk an das Schluckloch! Ich habe gelesen, dass in Kalksteingebieten manchmal Höhlendecken eingebrochen sind, groß genug, um einen Traktor zu verschlingen. Und dann der Nebel. Viele der Vermissten sind wahrscheinlich tödlich verunglückt, und ihre Leichen wurden nie gefunden. Oder sie sind heimlich abgehauen. Ich meine, das christliche Leben in Murnau war nicht immer eine solche Idylle, wie manche romantischen Typen glauben. Harte Arbeit von früh bis spät und sonntags nur Beten und Bibellesen waren bestimmt nicht jedermanns Sache. Ich kann mir gut vorstellen, dass sich einige junge Burschen stillschweigend davongemacht haben."

„Aber warum denn dann so heimlich? Ohne Spuren zu hinterlassen?", fragte Lucy.

Sven zögerte ein wenig. „Genau weiß ich es nicht, aber es heißt, die Ältesten sollen sehr zornig gewesen sein, wenn jemand der Gemeinschaft den Rücken kehrte. Vielleicht gab es also gute Gründe, lieber unauffällig zu verschwinden." Hastig setzte er hinzu: „Ich meine, wer möchte schon endlose Diskussionen führen und sich mit Vorwürfen überhäufen lassen?"

Melanie erinnerte sich an das, was Semjon ihr erzählt hatte. „Es gibt ein Gerücht, dass die Murnauer ihre eigene geheime Gerichtsbarkeit hatten und Menschen, die sich gegen ihre Gesetze vergangen hatten oder ihnen auch nur lästig fielen, kurzerhand verschwinden ließen."

„Ja, ich weiß", bestätigte Sven. „Aber es gibt keine Beweise, dass es wirklich so war. Es wurden ja immer wieder wilde Schauergeschichten erzählt, um die Murnauer in Misskredit zu bringen."

„Zum Beispiel?", wollte Melanie wissen.

„Zum Beispiel diese Geschichte von Adam Sanders", fuhr Sven fort. „Es gab da einen Mann, einen Magister namens Nickolas Zahlheim, der erst katholischer Priester gewesen, dann zum Augsburger Bekenntnis konvertiert und zuletzt von allem christlichen Glauben abgefallen war. Der hackte bei jeder Gelegenheit auf den Murnauern herum. Vielleicht lag es daran, dass er einmal mit Adam Sanders in einen Streit geraten war. Jedenfalls soll er das Gerücht in die Welt gesetzt haben, dass Adam Sanders einen Pakt mit dem Teufel geschlossen und von ihm eine Alraune bekommen hätte."

„Eine *Was* bekommen hätte?", erkundigte sich Lucy stirnrunzelnd.

Sven klärte sie auf. Eine Alraune war eine Wurzel. Sie hatte manchmal von Natur aus eine menschenähnliche Gestalt – es gab sie als Männlein und Weiblein – und galt deshalb als zauberkräftig. Sie wurde auch Erdmännlein, Galgenmännlein oder Springwurzel genannt. Man erzählte die erstaunlichsten Dinge darüber: Wer eine Springwurzel besitze, könne in jedem beliebigen Menschen leidenschaftliche Liebe erwecken, Glück im Spiel und bei seinen Geschäften haben, gesund und fruchtbar bleiben, vor Schadenszauber und Gespenstern geschützt sein, wahrsagen und prophezeien und ewige Jugend erlangen. Allerdings hatte das Wunderding – wie alle solchen Geschenke der Finsternis – seinen Preis: Wer eine Alraune einmal als sein Eigentum angenommen hatte, konnte sie nicht mehr loswerden, und in der Sterbestunde des Besitzers zeigte das Ding dann sein wahres Gesicht.

Sven erzählte weiter: „Adam Sanders bekam schlimmen Ärger mit dem Ältestenrat, als sich das Gerücht bis dorthin herumgesprochen hatte. Aber letztendlich konnten sie nichts gegen ihn unternehmen, denn Sanders war bis zu seinem Tod der angesehenste Mann der Gemeinde. Später haben eine Menge Leute unter seinem Nachlass nach der Zauberwurzel gesucht, aber natürlich nichts gefunden."

„Und solche Wurzeln gibt es wirklich?", fragte Lucy neugierig. „Oder ist das auch nur eine Schauergeschichte?"

„Die Wurzel gibt es tatsächlich", bestätigte Sven. „Die Pflanze heißt Mandragora, gehört zu den Nachtschattengewächsen und ist ekelhaft giftig. Aber alles andere sind nur Geschichten." Er lachte hell auf. „Als Kinder fanden wir es immer unheimlich aufregend, einander von der Springwurzel zu erzählen. Es gibt da die Geschichte, dass Adam Sanders eines Nachts von Lärm geweckt wurde und ins dunkle Zimmer spähte. Und was sah er da? Ein bleiches, kränkliches Friedhofslicht waberte auf dem Fußboden, und in dieser Lichtblase tanzte die Springwurzel wie närrisch herum und schüttelte ihr Haar – seine Alraune war nämlich ein Weibchen mit so langem Haar, dass es sie völlig einhüllte. Jedenfalls sprang das Ding außer sich vor boshafter Freude herum und sang mit einem dünnen, heiseren Stimmchen:

‚Gefangen bist du durch Teufelslist,
ich freu mich drauf, dass du mein bald bist!'

Adam wollte das dämonische Ding gerne loswerden, aber es hängte sich an ihn. Wenn er es in den Ofen warf, kam es wieder herausgeflogen und schleppte einen glühenden Schweif hinter sich her. Warf er es in den Bach, so kam es kalt und nass ans Ufer gekrochen und klopfte des Nachts triefend an sein Fenster. Und hackte er es in Stücke, so fügten sich die Teile wieder zusammen."

Frank gähnte demonstrativ, aber die Mädchen wollten mehr von der schauerlichen Geschichte hören. „Da gab's doch sicher noch mehr, oder?"

Sven zuckte mit einem verlegenen Grinsen die Achseln. „Wenn wir einander richtig bange machen wollten, dann erzählten wir, dass die Alraune oben im Hotel herumspukte. Das war auch eine von diesen Schauergeschichten: Angeblich läuft sie heute noch dort oben in den leeren Zimmern und auf dem riesigen Dachboden herum, manchmal als winzig kleines Ding, gelb und runzelig, mit zottigen Wurzelhaaren, manchmal aber auch als nackte junge Frau mit offenem Haar, das ihr bis zu den Knien reicht."

„Oh Mann, die will ich sehen!", schrie Frank. „Lechz! Lechz!"

Sven lachte. „Wünsch dir das lieber nicht! Ihr Haar ist kalt wie Eis und brennt auf den Fingern. Und sie hat keine Augen, nur leere schwarze Höhlen, aus denen sie dich anschaut."

„Oh, hör auf! Das fällt mir garantiert heute Nacht ein!" Lucy schauderte sichtlich. Mit leiser Stimme fragte sie: „Und Rob Sanders? Was sagte der dazu, wenn ihr euch solche Geschichten erzählt habt? Oder wusste er gar nichts davon?"

Sven lachte trocken auf. „Sanders weiß alles – jedenfalls habe ich manchmal den Eindruck. Nun, er spottete über die Schauergeschichten, aber er ärgerte sich auch darüber." Unvermutet wurde er ernst. „Ich kann ihn gut verstehen. Sein

Urahn war ein sehr kluger und begabter Mann, der Großartiges geleistet hat. Er hat aus einem Häufchen hungernder und obdachloser Flüchtlinge ein blühendes Gemeinwesen geschaffen – und dann sagt man ihm nach, das alles hätte er ja nicht aus eigener Kraft und mit Gottes Segen geschaffen, sondern sein Teufelsweibchen hätte ihm dabei geholfen!" Nach einer sekundenlangen Pause setzte er grinsend hinzu: „Vielleicht ist das der eigentliche Grund, warum er nicht will, dass irgendjemand im Hotel herumschnüffelt. Wer weiß, vielleicht ist die Alraune ja noch irgendwo versteckt?"

Sie wollten sich wieder an die Arbeit machen, als Svens Handy piepste und gleich darauf Melanies. Beide hatten dieselbe SMS von Sanders erhalten: *„Sofort zum Bus zurückkommen! Wir fahren zurück – Schlechtwetterfront!"*

Als sie das Internetcafé verließen, sahen sie, dass das Wetter sich tatsächlich merklich eingetrübt hatte. Die Sonne, die am Morgen noch so strahlend geschienen hatte, schimmerte farb- und leblos durch eine dicke Dunstschicht. Es war kühler geworden.

„Auweia", bemerkte Sven, der das Wetter in der Gegend aus Erfahrung kannte, „Sanders hat Recht! Sieht ganz so aus, als würden wir die nächsten Tage in der Hütte festsitzen."

Sie eilten zurück zum vereinbarten Treffpunkt auf dem Parkplatz.

Plötzlich rief Frank: „He, wartet einmal! Seht nur!"

Sie waren gerade an einem Zeitungskiosk vorbeigekommen. Jetzt machte Frank kehrt und deutete auf eine regionale Wochenzeitschrift, die dort auslag. „Schaut mal, sind das nicht wir?"

Tatsächlich! Ein Farbfoto auf dem Titelblatt zeigte die Runde der Jugendlichen am Lagerfeuer. Melanie erinnerte sich genau an den Moment, in dem das Foto gemacht worden war: Sanders hatte ihnen gesagt, dass sie eine besondere Art hätten, gute Nacht zu sagen, viel hübscher als jeder Wecker. Und dann hatte Rolf auf dem Waldhorn geblasen. Umso überraschender fand sie die Überschrift auf der Titelseite: *„UFO an Erde: Wir landen im Murnauer Tal!"*

Sven kaufte die Zeitung, und kurze Zeit später beugten sich fünf Köpfe angespannt darüber. Der Text unter dem Foto lautete:

„Willkommen, kleine grüne Männlein! Im Murnauer Tal haben sich zwei Dutzend ‚Akte-X'-Freaks versammelt, um einfliegende Raumfahrzeuge gebührend zu begrüßen. Hier im Bild: Der Oberguru schickt mit erhobenen Händen Grüße zu den Sternen, während die Jungmannschaft der Ufologen-Schar erwartungsvoll ins All blickt: Vielleicht befindet sich gerade ein UFO im Landeanflug?"

Klein gedruckt stand darunter:

„Text und Bild Peter Boltke."

Sven atmete tief durch. „Mann!“, flüsterte er. „Wenn Sanders den Artikel sieht, reißt er diesen Idioten in Stücke, der ihn geschrieben hat!“

„Ich wette“, sagte Pamela, „der unsichtbare Besucher im Tal war dieser Reporter. Offenbar hat er erfahren, dass Ufologen dort unterwegs sind, und hat uns mit ihnen verwechselt. So was nennt man saubere Recherche.“

„Du meinst“, fragte Lucy, „das war der Kerl, der sich im Waschraum versteckt und mich so erschreckt hat?“

„Höchstwahrscheinlich ja. Es muss sein Auto gewesen sein, das uns verfolgt hat – der grün-silberne Kastenwagen. Erinnert ihr euch?“

„Da saßen aber *zwei* Männer drin, hat Sanders gesagt.“

„Dann hatte er eben noch irgendeinen anderen Typ mit, na und? Kommt jetzt, wir kriegen Ärger, wenn wir nicht rechtzeitig beim Treffpunkt sind.“

Als sie zum Bus zurückkehrten, stellten sie fest, dass Rob Sanders bereits von dem Artikel wusste. Er stand, offenbar kochend vor Wut, mit der Zeitung in der Hand da und unterhielt sich in gedämpftem Ton mit Professor Wendelin.

Melanie dachte: Dieser Boltke wird nichts zu lachen haben ... geschieht ihm aber auch recht! Erst bei Nacht und Nebel ums Haus schleichen, die arme Lucy so furchtbar erschrecken und dann noch einen solchen Stiefel zusammenschreiben, das hat Strafe verdient!

Die Jugendlichen kletterten in den Bus. Sie lachten und schwatzten durcheinander und waren in bester Stimmung – die meisten amüsierten sich über das Foto, das sie als „Akte-X“-Freaks zeigte, nur wenige waren verärgert.

Und kaum jemand – außer Melanie – kümmerte sich um die Veränderung des Wetters, die mit jeder Minute deutlicher wurde: Der Sonnenschein war vollkommen verschwunden, die Sonne nur noch eine trübe, mondähnliche Scheibe im Dunst, der den Himmel verhüllte. Es war sehr feucht und die Straße schlüpfrig.

Melanie war erleichtert, als sie den Eingang der Schlucht erreichten und sie sah, dass nur dünne Nebelfahnen von den Felszacken herabhingen. Brugger fuhr dennoch so rasch, wie er auf der gefährlichen Straße nur irgend konnte. Offenbar fürchtete er, der Kalte Gang könnte im Nebel versunken sein, ehe sie ihn passiert hatten. Er hatte die Scheinwerfer eingeschaltet und ließ immer wieder ein warnendes Hupsignal hören für den Fall, dass ihm irgendjemand entgegenkam.

„Was rast der denn so?", fragte Pamela, der das ungewöhnliche Tempo auch aufgefallen war. „Wir werden noch alle in den Bach fallen!"

„Es kommt schlechtes Wetter, hast du das schon wieder vergessen? Du erinnerst dich doch, was Sanders uns gesagt hat? Darüber, wie dick der Nebel hier werden kann?"

Pamela warf einen misstrauischen Blick durchs Fenster. „Stimmt. Es wird immer trüber."

„Eben. Was meinst du, was passiert, wenn wir mitten in der Schlucht stecken und die Hand vor den Augen nicht mehr sehen?"

Sie atmeten beide auf, als sie die Stelle erreichten, wo die Schlucht breiter wurde und die Bergmannshäuschen sich am Ufer des Kaltenbachs drängten. In den letzten Minuten war der Nebel nämlich beträchtlich dicker geworden. Sanders hatte nicht übertrieben, als er ihnen erzählt hatte, dass man binnen Minuten in einer undurchdringlichen Milchsuppe verschwinden konnte. Sie fuhren durch graue Schwaden, die rings um den Bus wogten und sich nur widerwillig teilten, wenn das Licht der Scheinwerfer sie durchschnitt.

Auf dem Kirchplatz war es, als holperte der Bus auf dem Grund eines dunkelgrauen Meeres dahin. Die Landschaft war verschwunden, die Scheinwerfer schafften es gerade noch, den Boden unmittelbar vor den Vorderrädern zu erhellen. Hätte Brugger sich nicht so gut ausgekannt, so wären sie verloren gewesen, denn die schmale Brücke über den Kaltenbach wurde erst sichtbar, als der Bus schon beinahe darauf stand.

Im Schritttempo ging es weiter, den Güterweg entlang, der zur Hütte führte. Die anderen Passagiere hatten inzwischen auch bemerkt, wie beunruhigend die Situation sich entwickelt hatte. Sie saßen still da und starrten angespannt aus den Fenstern, ohne mehr zu sehen als erstickendes Grau, in dem nur gelegentlich ein tieferer Schatten vorüberzog.

Dann bremste Brugger so abrupt, dass alle durcheinandergeschüttelt wurden. Melanie sprang das Herz in den Hals – sie war überzeugt, dass sie im nächsten Augenblick in irgendeinen fürchterlichen Abgrund stürzen würden, obwohl nach der Brücke nur noch der breite, flache Talboden vor ihnen lag.

Der Bus hielt an, Sanders sprang hinaus, und Melanie – die weit vorne saß – hörte einen lebhaften Wortwechsel mit jemandem, der dort draußen stand.

„Sind Sie verrückt? Wir hätten Sie beinahe überfahren!", rief der Projektleiter. „Wie können Sie uns bloß so vor den Kühler springen?"

„Tut mir Leid, wir wussten uns nicht mehr anders zu helfen", antwortete eine Männerstimme. „Wir sahen Ihre Scheinwerfer, und da dachten wir, Sie anzuhalten ist die einzige Chance, die wir noch haben. Dürfen wir einsteigen?"

„Natürlich."

Daraufhin kletterte ein hagerer, älterer Mann in den Bus, ein Bergsteiger, seiner Kleidung nach zu urteilen, und hinter ihm ein Junge von etwa achtzehn Jahren in Bergschuhen, Jeans und einer Lederjacke. Beide schleppten voll gestopfte Rucksäcke mit sich.

Pamela versetzte ihrer Freundin einen kräftigen Stoß in die Rippen, aber das wäre nicht mehr nötig gewesen. Melanie hatte schon selbst bemerkt, dass da ein Traumboy einstieg. Mit seinem kurzen, wuscheligen schwarzen Haar, den feuchten, dunkelblauen Augen und dem perfekten Körperbau hätte er als Frontmann einer Boy Group auf die Bühne steigen können.

Melanie hörte, wie der Ältere sich vorstellte. „Ich bin Professor Stephen Freytag. Das ist mein Neffe Ronnie. Wir wollten aufs Hohe Joch."

„Die Idee können Sie für die nächsten Tage vergessen", antwortete Sanders barsch. „Wir können von Glück reden, wenn wir überhaupt noch vor die Türe gehen können."

Das beunruhigte den Professor sehr. „Aber was sollen wir denn machen? Es ist äußerst wichtig, dass wir – ich meine, wir hatten uns schon sehr darauf gefreut, auf die Berge zu steigen."

„Freuen Sie sich, dass Sie *nicht* auf den Bergen sind, Herr Professor. Dort oben würde Ihnen nämlich heute der Hintern abfrieren", bemerkte Brugger über seine Schulter hinweg. Dann widmete er sich wieder der Aufgabe, schrittweise über den Güterweg in Richtung Jagdhütte zu zockeln.

„Sind Sie etwa auch ein UFO-Forscher?", fragte Sanders.

Professor Freytag sah ihn äußerst überrascht und beleidigt an. „Ich? Ufos? Um Himmels willen, wie kommen Sie denn auf so etwas Albernes? Natürlich nicht! Ich bin ..." Er geriet ins Stottern und hatte einige Mühe, sich zu fangen.

„Wir sind rein privat unterwegs, Ronnie und ich. Mein Neffe hat Ferien, das wollten wir genießen."

Sanders nickte, als akzeptierte er diese Erklärung, warf ihm aber einen langen Seitenblick zu, der zu deutlich besagte: „Du hast etwas zu verbergen, und ich wüsste verflixt gerne, was es ist!"

Die anderen Mädchen hatten natürlich auch bemerkt, dass das Angebot an Jungen sich erhöht hatte, und zwar um einen ausgesprochenen Luxusartikel. Als der Bus an der Jagdhütte hielt und die beiden Fremden mit in den Gemeinschaftsraum kamen, konzentrierte sich das allgemeine weibliche Interesse sofort auf Ronnie. Das gelang umso leichter, als Sanders den Professor am Ärmel seiner Tweedjacke packte und mit sich in einen ruhigen Winkel zog – zweifellos, um ihn eindringlich zu befragen und herauszufinden, was er zu verbergen versuchte.

Melanie studierte den Mann neugierig. Er war ein typischer Akademiker mit seiner Brille, den blassen, faltigen Zügen und dem sorgfältig glatt gebürsteten Haar. Obwohl er höflich sprach und sich sehr kultiviert benahm, hatte er etwas Verhuschtes an sich, und in seinen fast farblosen Augen blitzte gelegentlich ein fanatischer Ausdruck auf.

Sie überlegte noch, was ein Professor für geheime Unternehmungen auf dem Hohen Joch vorhaben konnte, als ihr die Recherchen im Internet einfielen. Anthropologen, Gerichtsmediziner und Wissenschaftler mit ähnlichen Interessensgebieten befanden sich in genau der gleichen Lage wie die Ufologen: Wenn sie nach dem mysteriösen Skelett forschen wollten, mussten sie sich beeilen!

Sie zupfte Pamela am Arm. „Ich wette, ich weiß, was der Typ da ist. Einer, der das Skelett finden will, bevor es andere finden!"

Pamela hörte nur mit halbem Ohr zu. Sie seufzte nur tief und verdrehte die Augen. „Ich weiß noch etwas viel Besseres – sein Neffe ist der süßeste Boy, der mir je begegnet ist!"

„Mit der Meinung stehst du wohl nicht völlig allein", bemerkte Melanie sarkastisch.

Sie hatte Recht. Sämtliche Mädchen umdrängten Ronnie, der es aber offenbar gewohnt war, so viel Aufmerksamkeit zu erregen, denn er warf sich mit routinierter Lässigkeit in Positur und ließ sich von allen Seiten bewundern. Die Folge war, dass die Blicke der Jungen immer finsterer wurden. Nicht wenige schienen gute Lust zu haben, den Neuankömmling wieder vor die Türe zu setzen, Nebel hin oder her.

Ronnie zeigte sich weitaus weniger geheimnistuerisch als sein Onkel. Er plapperte sofort aus, dass Professor Freytag Leiter der Knochensammlung am pathologisch-anatomischen Museum eines Stuttgarter Klinikums war und seine Bergtour der Suche nach dem mysteriösen Skelett galt.

„Was macht er denn damit, wenn er es findet?", fragte Vanessa. „Stellt er es in seiner Sammlung aus?"

„Das kommt darauf an, worum es sich dabei handelt", antwortete Ronnie. „Wenn es nur irgendein erfrorener Hausierer ist, dann natürlich nicht."

Melanie lauschte aufmerksam. Sie hatte zwar durchaus Verständnis dafür, dass ein Museumsdirektor nur ausgesuchte Skelette in seiner Sammlung aufstellte, aber ihr gefiel die Art nicht, wie Ronnie darüber sprach. Er selbst vertiefte diese Abneigung gleich noch weiter, indem er die Bemerkung machte: „Warum erforscht ihr das Leben der

Murnauer? Die waren doch nichts Besonderes, bloß Holzfäller und Bergleute."

„Ach, und was bist *du* denn Besonderes?", fragte Daniel Schneyder und erntete zum ersten Mal, seit er sich im Camp befand, den Applaus der übrigen Jungen.

Ronnie sah ihn mit hochgezogenen Augenbrauen an. „Mein Onkel ist Professor", verkündete er sehr von oben herab.

„Ja ja, das haben wir mitgekriegt!" Daniel genoss es sichtlich, seinem Hang zur Bosheit die Zügel schießen zu lassen. „Aber wir reden hier von dir. Was bist du? Noch Schüler?"

„Nein – hatte keinen Bock mehr auf Schule", antwortete Ronnie patzig. „Ich bin Musiker. Rockmusiker."

Ein paar Mädchen seufzten entzückt auf, aber Daniel formte die Lippen zu einem Kussmäulchen und flötete: „Oh oh oh! Sicher eine berühmte Band?"

Ronnie geriet langsam in Rage. „In Stuttgart sind wir schon ziemlich bekannt. Ein, zwei Jahre noch, dann sind wir in Deutschland Spitzenklasse."

„Okay, schick mir eine Postkarte, wenn's so weit ist." Daniel gähnte auffällig und schlenderte zu seinem Platz an Sanders' Seite zurück.

Ronnie blickte ihm wütend nach, aber die allseitige Bewunderung der Mädchen versetzte ihn bald wieder in gute Laune. „Eigentlich", bemerkte er lachend, „muss ich richtig dankbar sein für den Nebel. Ich hatte schon befürchtet, ich bekomme tagelang nichts zu sehen als zwei alte Gerippe – meinen Onkel und diese mysteriöse Gletschermumie. Ich hätte nie gedacht, dass so viele süße Girls im Hinterwald versteckt sind."

Melanie zog sich angewidert zurück. Sie fand Ronnie

nicht sonderlich sympathisch, und vor allem hatte sie keine Lust, sich mit all den anderen Mädchen um den Platz zu Füßen eines Stars zu balgen. Um ihm so richtig klarzumachen, wie gleichgültig er ihr war, schlenderte sie zu Frank hinüber, der mürrisch in einem Winkel herumlungerte, und verwickelte ihn in ein Gespräch. Eigentlich hätte sie sich lieber an Semjon gewandt, der ebenso an ihr interessiert war wie der junge van Winter und ihr weitaus besser gefiel, aber sie brauchte einen aus ihrem Team. Mit Sicherheit würden Ronnie und sein Onkel bis zum nächsten Tag in der Hütte bleiben, vielleicht auch noch länger, wenn das schlechte Wetter anhielt. Da musste sie diesem aufgeblasenen Jungstar vierundzwanzig Stunden am Tag demonstrieren, dass sie nichts mit ihm zu tun haben wollte, und das ging nur mit einem Teamkollegen.

Frank sah überrascht auf, als sie ihm ihre Aufmerksamkeit zuwandte. Bislang hatte er sich offenbar keine guten Chancen darauf ausgerechnet, dass seine Annäherungsversuche auf Gegenliebe stoßen könnten. Er fragte aber nicht lange, wieso ihm dieses Geschenk in den Schoß fiel, sondern machte sich sofort daran, seine Position auszubauen. Bis zum Abendessen belegte er Melanie mit Beschlag und zeigte sich von seiner liebenswürdigsten Seite. Er maulte und klagte nicht mehr, sondern präsentierte sich als ein sehr kluger Junge, der viel gelesen hatte, sich für vielerlei interessierte und ausgesprochen witzig sein konnte. Melanie musste zugeben, dass er weitaus mehr Anziehungspunkte besaß, als sie bislang vermutet hatte.

Sanders nützte die Anwesenheit des Professors gleich aus, indem er ihn bat, ihnen nach dem Abendessen mehr über sein Arbeitsgebiet und die Suche nach dem Skelett zu erzählen. Der Wissenschaftler war sofort einverstanden.

Nachdem er sich vergewissert hatte, dass Sanders und seine Gruppe kein Interesse daran hatten, ihm das kostbare Skelett wegzuschnappen, sah er keinen Grund mehr, seine Absichten zu verheimlichen.

Als er aufs Podium stieg, flüsterte Pamela ihrer Freundin ins Ohr: „Was für ein scheußlicher Job, sich andauernd mit schmutzigen alten Knochen zu befassen!"

Aber Professor Freytag sah es ganz und gar nicht so. Er schilderte den Jugendlichen, die mit steigendem Interesse lauschten, dass Gebeine wie Bücher waren, in denen ein geübtes Auge lesen konnte. „Meine Knochensammlung ist eine Bibliothek", erklärte er ihnen. „Voll von Biografien, Trauerspielen, historischen Romanen, Krimis und Thrillern. Man möchte nicht glauben, was ein Skelett alles über den Menschen verrät. Man kann herauslesen, wie alt dieser Mensch bei seinem Tod war, ob Mann oder Frau, häufig auch, an welchen Krankheiten er oder sie gelitten hat, woran er gestorben ist, manchmal sogar, welchen Beruf er hatte und in welcher geschichtlichen Epoche er lebte. Wenn ich das Skelett finde, von dem so viel die Rede ist, dann werde ich genau sagen können, ob es ein prähistorischer Mensch war oder ein Mensch der Neuzeit. Und natürlich noch vieles mehr."

Seine grauen Augen begannen zu glitzern, als er hinzufügte: „Immerhin besteht die Hoffnung, dass wir einen zweiten so sensationellen Fund tätigen wie den ‚Gletschermann', über den alle Welt redet. Stellt euch das einmal vor!" Er schlug vor Aufregung die Hände zusammen.

Melanie lächelte bei dem Gedanken, dass Erwachsene – und selbst so gelehrte Erwachsene wie Professor Freytag – manchmal so gierig wie kleine Kinder waren. Zweifellos drehten sich die schönsten Träume des Wissenschaftlers darum, wie er die geheimnisumwitterten Knochen aus dem Schnee grub und dann seinen vor Neid platzenden Kollegen präsentierte. Sie erinnerte sich an die Fernsehberichte über den Fund des Gletschermannes. Da waren ehrwürdige Gelehrte drauf und dran gewesen, einander an den Bärten zu reißen und gegenseitig wegzuschubsen, um einen einzigen Zehennagel oder einen Schnipsel vom verrotteten Gewand der Mumie an sich zu bringen. Und es gab noch viel schlimmere Ereignisse: Sammler und Wissenschaftler schreckten zuweilen nicht einmal vor Betrug, Diebstahl, Schmuggel, Einbruch, ja sogar offener Gewalt zurück, um ein begehrtes Objekt in ihren Besitz zu bringen, auch wenn dieses Objekt überhaupt keinen materiellen Wert hatte.

Melanie spürte, dass der liebenswürdige, verhuschte Professor etwas von dieser besessenen Habgier im Herzen hatte: Sie brauchte nur zuzuhören, wie er über seine Kollegen loszog, die alle – wie er sagte – nicht wirklich etwas von der Sache verstanden und sowieso nicht befähigt waren, mit einem Fund richtig umzugehen, der neue Perspektiven auf das Leben in der Vorzeit eröffnen mochte.

Dazwischen erzählte er ihnen viele aufregende und unterhaltsame Geschichten aus seiner Laufbahn. Er war schon mehrmals in der Gegend von Murnau gewesen, denn hier konnte man reichlich Zeugen der fernen Vergangenheit finden. Neben zahlreichen Versteinerungen von urtümlichen Pflanzen und Muscheln waren auch Reste von Reptilien zutage gefördert worden, wie etwa der Oberschenkel eines Nothosauriers und Schädelknochen eines kleinen, primitiven Phytosauriers. Wenn er schon keinen Urmenschen fand, bemerkte er lächelnd, dann war vielleicht wenigstens ein kleines Stück Urvieh drin!

Professor Freytag war auch schon oft von der Kriminalpolizei beigezogen worden, wenn irgendwo – was gar nicht so selten vorkam – bei Erdarbeiten Knochen ausgebuddelt worden waren. Dann musste er untersuchen, ob es sich um menschliche oder tierische Knochen handelte, wie lange sie schon in der Erde lagen, wie alt sie waren und ob der Mensch, dem sie gehörten, eines natürlichen oder unnatürlichen Todes gestorben war.

Es wurde ein langer, aber hochinteressanter Abend, und als Melanie schließlich die Holztreppe in den Schlafraum hinaufstieg, war sie rundum zufrieden mit dem vergangenen Tag.

# Frank in der Klemme

Am Morgen sah Melanie schon auf den ersten Blick, dass die Suppe zwar dünner geworden war, sodass sie immerhin die Bäume am Rand des Tales erkennen konnte, aber das Wetter war nach wie vor höchst ungemütlich. Gestern noch war der Bach ein malerisches Wässerchen gewesen, das fröhlich gluckernd über die Steine sprang, jetzt stürmte er mit viel Gischt dahin und klatschte und spritzte gefährlich an den Stützpfeilern der steinernen Brücke empor. Oben auf den Gipfelplateaus tobte der Sturm und wirbelte den frisch gefallenen Schnee auf. Im Tal war es weniger windig, aber eiskalt und sehr feucht.

Und ausgerechnet an diesem Morgen war Melanie mit dem Wasserholen dran!

Frierend und mit vom Schlaf verklebten Augen meldete sie sich in der Küche zum Dienst. Ein Glück, dass sie die Anweisungen in der Broschüre ernst genommen hatte, obwohl sie ihr im heißen Julisonnenschein absurd erschienen waren. Nicht auszudenken, wenn sie vergessen hätte, einen warmen Anorak, Mütze und Handschuhe mitzunehmen!

Im Vorraum stieß sie auf Frank van Winter, der sich ebenfalls die Wollmütze über die Ohren gezogen hatte. Er strahlte sie erfreut an. Natürlich – Wilmayer, Winter, sie waren ja nach dem Alphabet eingeteilt worden! Angesichts der Freude, mit Melanie gemeinsam zur Zapfstelle zu traben, schien es ihm nichts auszumachen, in der nassen Kälte die schweren Kanister zu schleppen.

„Habt ihr eure Handys mit?“, fragte Rolf. „Der Nebel ist

zwar im Augenblick lichter geworden, aber das kann sich innerhalb von Minuten ändern. Wenn das passiert und ihr keine Sicht mehr habt, versucht auf keinen Fall nach Hause zu laufen. Setzt euch dort nieder, wo ihr seid, und schickt eine SMS."

„Der Empfang ist hier aber ziemlich schlecht", wandte Melanie ein. „Was machen wir, wenn es nicht klappt?"

„Wenn ihr nicht rechtzeitig zurück seid, holen wir euch natürlich. Also, verstanden? Wenn euch der Nebel einhüllt, sitzen bleiben und nicht rühren."

Gleich darauf stapften sie los, jeder mit zwei Plastikkanistern zu je zehn Litern in den Händen. Der Nebel schlug ihnen wie ein feuchtes Tuch ins Gesicht. Von den hohen Nadelbäumen tropfte das Wasser und rann in winzigen Bächlein quer über den aufgeweichten Weg.

„Ganz schön arroganter Typ, dieser Professoren-Neffe, was?", eröffnete Melanie das Gespräch. Sie vermutete richtig, dass nichts die Jungen zurzeit so lebhaft interessierte wie der aus dem Nebel aufgetauchte Konkurrent.

Frank nickte nachdenklich. „Genau dieselbe Sorte wie mein Freund Geerd zu Hause. Der sieht ebenso fabelhaft aus, ist der Schwarm aller Mädchen, gilt überall, auch bei den Älteren, als leuchtendes Vorbild – und ist doch ein richtiger Stinkstiefel."

„Ich dachte, er ist dein Freund?", fragte Melanie verwundert. „Wie kannst du dann so über ihn reden?"

Ein unbestimmtes Achselzucken antwortete ihr.

„Aber ihr seid doch dauernd beisammen – hast du wenigstens erzählt", bohrte sie weiter. Irgendetwas verriet ihr, dass Franks Beziehung zu diesem Jungen merkwürdig und problematisch sein musste. Am Vortag hatte er noch so geredet, als bewunderte er Geerd grenzenlos. Jetzt aber trug sein Gesicht einen Ausdruck von Abneigung, ja sogar Abscheu.

„Ja, sind wir", gab er verdrossen zu. „Irgendwo muss ich Luft holen, sonst ersticke ich neben meinem Vater. Aber langsam ist mir die Sache nicht mehr geheuer. Er hat – ach, ist ja auch egal." Er schwieg abrupt, und die harte Zornfalte in seiner Stirn wurde noch tiefer.

„Sieht aber nicht so aus, als ob es dir egal wäre." Melanie schob sich unwillkürlich näher an ihn heran. Sie war sonst nicht besonders neugierig, was anderer Leute Angelegenheiten anging, aber der Junge verbarg irgendeinen schmerzlichen Kummer, das spürte sie deutlich. „Du hast Probleme mit ihm – ernste Probleme, nicht wahr?"

Er zögerte, offensichtlich hin- und her gerissen zwischen dem Bedürfnis, sich seine Sorgen vom Herzen zu reden, und der Unsicherheit, ob er ihr vertrauen konnte.

Sie ergriff seine Hand und drückte sie. „Ich verspreche dir, ich sage niemand etwas davon. Absolut niemand."

Daraufhin murmelte Frank: „Ich will nicht reingezogen werden. Vielleicht bin ich ein Feigling, aber ich habe Angst – vor diesen Figuren noch mehr als vor der Polizei." Er schwieg wieder, aber dann, als er merkte, dass Melanie mitfühlend zuhörte, rückte er mit seinem Kummer heraus. Erst hatte er sich überhaupt keine Gedanken darüber gemacht, wo das Gras herkam, das Geerd immer in Vorrat hatte. Dann hatte der Freund ihn zum „Einkaufen" mitgenommen, und in letzter Zeit hatte er ihn dann sogar öfter allein zu den Dealern geschickt. Frank hatte sich dabei sehr unbehaglich gefühlt, aber solange es nur um die geringen Mengen Marihuana für den eigenen Gebrauch ging, hatte er seine Ängste hinuntergeschluckt, um nicht als Feigling und Muttersöhnchen dazustehen. Im letzten Monat vor den Ferien jedoch hatte Geerd angefangen, Ecstasy-Tabletten einzukaufen, allerdings nicht mehr nur für sich selbst, sondern in beträchtlichen Mengen. Und er hatte es als selbstverständlich vorausgesetzt, dass Frank ihm helfen würde, sie unters Volk zu bringen.

„Und davor habe ich echt Schiss", gestand der Junge. „Kiffen ist eine Sache, aber dealen ist eine andere. Ich habe Angst, geschnappt zu werden, und vor allem ... weißt du, ich habe Angst davor, was in diesen Tabletten drinsteckt. Man liest so viel davon, dass sie im ehemaligen Ostblock in irgendwelchen schmutzigen Küchenlaboratorien zusammengepanscht werden, von Leuten, die die meiste Zeit selber voll zugedröhnt sind und gar nicht merken, was sie da alles reinschmeißen. Wenn ich jemandem so eine Tablette verkaufe, und der wird krank oder stirbt sogar daran? Das würde mich echt fertig machen."

Melanie nickte. „Du musst Geerd unbedingt sagen, dass du damit auf keinen Fall etwas zu tun haben willst. Auch wenn es dich seine Freundschaft kostet – die meiner Meinung nach ohnehin nichts wert ist."

„Es kostet mich viel mehr als seine Freundschaft", murmelte Frank bedrückt. „Wenn ich ihn verrate, geht er zu meinem Vater und den Ältesten."

„Du musst ihn ja nicht verpfeifen. Sag ihm einfach, du hast in Zukunft null Bock auf seine Geschäfte und willst nichts mehr mit ihm zu tun haben."

„Das wird er nicht akzeptieren. Entweder ich mache mit, oder er lässt mich hochgehen."

„Wie will er das denn machen, ohne sich selbst mit reinzureiten?"

„Du kennst Geerd nicht", murmelte Frank niedergeschlagen. „Er hat sie alle in der Hand. Ihn mögen alle, mich mag keiner. Alle denken, dass er wahnsinnig fromm ist, auch die Erwachsenen. Sie würden ihm nie zutrauen, dass er lügt oder Schweinereien macht. Wenn er alle Schuld auf mich schiebt, habe ich keine Chance. Ich weiß echt nicht mehr, was ich machen soll."

„Im Moment weiß ich das auch nicht", gab Melanie zu. „Aber lass mir Zeit, um zu überlegen, ja?" Sie stellte die Kanister ab und packte den Jungen kräftig an beiden Schultern. „Lass dich nicht hängen, okay? Du hast noch bis Ende des Sommerlagers Zeit, bis dahin finden wir einen Ausweg."

Und dann ließ sie ihn ganz rasch los, denn bei der Berührung war ihr schlagartig klar geworden, dass sie mehr empfand als nur schwesterliches Mitgefühl mit einem Jungen, der schlimm in der Klemme steckte. Völlig unvermutet hatte sie das Bedürfnis gehabt, ihn fest, ganz fest, an sich zu drücken und nicht mehr loszulassen. Wenn er das nun gemerkt hat! Die Boys waren ja ohnehin so überzeugt von sich. Selbst wenn sie einen interessierten, musste man auf total cool und gleichgültig machen, damit sie sich nicht gleich wie die Luftballons aufblähten!

„Komm, beeilen wir uns mit dem Wasser", befahl sie. „In der Hütte warten bestimmt schon alle gierig auf ihren Kaffee."

Die Zapfstelle befand sich in einem grünen Metallhäuschen, aus dessen Boden zwei Pumpenrohre ragten. Melanie sperrte die Türe auf und reihte die Kanister unter dem Zapfhahn auf.

In dem Häuschen war es ekelhaft kalt, und sie fand das Summen und Rauschen, das deutlich hörbar aus dem Boden drang, unheimlich. Darunter verlief der gemauerte Stollen, in dem das Quellwasser aus dem Berginneren strömte.

Sie dämpfte unwillkürlich die Stimme, als sie sagte:

„Dass das Wetter hier so brutal umschlägt, hätte ich nicht gedacht." Sie wies zu den Gipfelplateaus der Breiten und der Wilden Mauer hinauf, die luftige Hauben aus wirbelndem Neuschnee trugen.

Frank nickte. „So etwas ist der Grund dafür, warum ich diese Naturfreaks ziemlich naiv finde, die bei Natur immer nur an Gänseblümchen und zwitschernde Vöglein denken. Apropos naiv: Kai hat mir doch gestern tatsächlich erklärt, was der Professor gesagt habe, sei alles Blödsinn, weil es überhaupt keine prähistorischen Menschen gäbe. Der erste Mensch sei vor sechstausend Jahren geschaffen worden. Genauso hat er gesagt, die Dinosaurier hätten nicht Millionen Jahre vor den Menschen gelebt, sondern seien am selben Tag wie alle anderen Tiere erschaffen worden. An *einem einzigen* Tag! Da fragst du dich wirklich, in welcher Welt diese Menschen leben. Haben die immer die Schule geschwänzt? Okay, Kai ist ein kleiner Simpel, aber mein Vater vertritt denselben Standpunkt, und der hat immerhin einen Doktortitel!"

Melanie dachte daran, wie ihr Vater auf solche Debatten zu reagieren pflegte. Während sie ihren Kanister füllte, sagte sie: „Die entscheidende Frage ist nicht, was man von den Dinosauriern hält, sondern was man über Jesus denkt. Sagt wenigstens mein Vater."

Frank hob die Stimme, um das Rauschen des Wassers zu übertönen, das in dem Metallhäuschen wie im Klangkörper eines Instruments hallte. „Nee, finde ich nicht. Ich denke, wenn mir einer Schrott über die Dinos erzählt, dann hat er mir wahrscheinlich auch Schrott über Jesus erzählt. Verstehst du nicht? Mein Vater ist nicht blöde. Aber plötzlich glaubt er jeden Quatsch – dass die Arche Noah voller Viehzeug auf einer Erde herumgedümpelt ist, die achttausend

Meter hoch unter Wasser stand, und dass Jonah drei Tage in einem Fischmagen hockte, bevor er ausgespuckt wurde. Meine Mutter hat versucht, das mit ihm auszudiskutieren. Sie hat ihn daran erinnert, dass er doch einmal Theologie studiert habe, dass Gott einem auch den gesunden Menschenverstand gegeben hätte und dass es so schlichtweg nicht gewesen sein könnte. Das wischt er alles weg. Für alles hat er irgendwelche Bibelverse parat, und wenn die nicht helfen, sagt er einfach: ‚Bei Gott ist kein Ding unmöglich.' Was willst du darauf sagen?"

„Deine Mutter hat sich von ihm getrennt?"

„Ja. Sie hat es einfach nicht mehr ausgehalten." Er lachte kurz und bösartig auf. „Irgendwann konnte sie es nicht mehr ertragen und ihr sind die Sicherungen durchgebrannt. Jetzt streiten sie um das Sorgerecht für mich. Im Moment hat er leider die besseren Karten, weil sie kein Geld und keine richtige Wohnung hat."

„Willst du denn lieber bei ihr leben?"

Er zuckte die Achseln. „Nein, eigentlich nicht. Die Typen, mit denen sie sich jetzt umgibt, sind mir auch nicht sympathisch. Sie hat einen Freund, einen Amerikaner, der sie unbedingt mit sich in die Staaten schleppen will – und mich dazu. Da habe ich null Bock drauf. Wer weiß, wo ich dort dann lande? Vielleicht sind die Amis noch verrückter als mein Alter."

Melanie hatte ihre Kanister gefüllt und hob sie probeweise hoch. Mann, waren die Dinger schwer! Sie hatte das Gefühl, dass ihre Arme sich unter dem Gewicht bis zum Boden dehnten. Aber sie wollte sich nicht anmerken lassen, dass sie sich schwer tat. „Auf geht's!", kommandierte sie forsch.

Sie stellte mit einer gewissen Befriedigung fest, dass

Frank ebenfalls das Gewicht der vollen Kanister spürte. Er atmete so schwer, dass er fürs Erste das Gespräch nicht fortsetzen konnte. Also blieb Melanie mit ihren Gedanken allein.

Je mehr sie darüber nachdachte, was der Junge ihr erzählt hatte, desto seltsamer erschien es ihr. Warum änderte ein studierter Theologe, ein ordinierter Pfarrer, über Nacht seine Ansichten und wandelte sich so drastisch, dass seine Frau und sein Sohn nichts mehr mit ihm anzufangen wussten? Was konnte ihn so aus der Bahn geworfen haben?

Sie wünschte sich plötzlich, ihr Vater wäre hier, sodass sie ihn fragen konnte. Die kompliziertesten Dinge wurden einfach, wenn Pastor Wilmayer erst einmal anfing, sie zu erklären. Er war zwar manchmal ein wenig umständlich, aber immer sehr vorsichtig, versuchte, beiden Seiten in einem Streit Gerechtigkeit widerfahren zu lassen. Nun, er war jetzt nicht da! Wenn sie mehr über die Sache in Erfahrung bringen wollte, musste sie ihren eigenen Kopf anstrengen.

Die beiden Jugendlichen waren etwa fünfzig Meter gegangen, als Frank zufällig zurückblickte und gleich darauf mit einem leisen Ausruf der Überraschung stehen blieb. „Schau, Melanie! Schau! Da kommt Rauch aus einem Kamin! Dort, das Häuschen neben der Kirche!“

Melanie drehte sich um und wollte schon automatisch widersprechen: „Unsinn, das sind Nebelfahnen, was du siehst!“, als ihr das Wort im Hals stecken blieb. Tatsächlich! Aus dem Schornstein des Häuschens, in dem früher der Küster und Totengräber gewohnt hatte, stieg eine Spirale von rußigem Rauch empor, die sich deutlich von dem blassen Nebel rundum abhob. „Das ... das ist vielleicht wieder dieser Reporter“, flüsterte sie.

Frank schüttelte heftig den Kopf. Obwohl das Häuschen

viel zu weit entfernt war, als dass man dort ihr Gespräch hätte hören können, flüsterte er ebenfalls. „Wozu sollte der Feuer machen? Komm, wir müssen das unbedingt sofort Sanders melden. Da stimmt etwas nicht!“ Er nestelte mit klammen Fingern an der Ärmeltasche seines Anoraks und holte das Handy heraus.

Während er telefonierte, starrte Melanie wie gebannt den rauchenden Kamin an. Sie musste den Drang unterdrücken, einfach draufloszurennen, zurück zum Haus, weg von dieser gespenstischen Rauchspirale, die die Gegenwart Unbekannter verriet. Sie versuchte, sich selbst zu der Überzeugung zu zwingen, es seien vielleicht nur verirrte Bergsteiger, die vor dem schlechten Wetter Zuflucht gesucht hatten, aber ihr Herz klopfte immer ängstlicher.

Frank steckte sein Handy ein. „Sanders und Rolf kommen, um sich die Sache anzusehen. Wir sollen hier bleiben und auf sie warten.“

Das war eine erfreuliche Nachricht. Sie stellten die Kanister ab und setzten sich darauf. Ihre Blicke wanderten zwischen der Jagdhütte und dem Totengräberhäuschen hin und her. Glücklicherweise lichtete sich der Nebel immer weiter, sodass sich wenigstens niemand im Schutz der grauen Schwaden an sie anschleichen und sie von hinten packen konnte.

„Da kommt Sanders schon!“ Frank packte Melanies Arm und deutete zur Jagdhütte.

Tatsächlich, da war der Projektleiter. Und jetzt erschienen hinter ihm Rolf, Daniel und Julian.

„Scheint so“, bemerkte Frank stirnrunzelnd, „als mache er sich auf einigen Ärger gefasst, weil er die beiden auch noch mitgenommen hat.“

Wenig später erreichte der Trupp die beiden jungen Leute. Sanders trug ihnen auf, an Ort und Stelle zu warten, während er mit seinen Begleitern zum Dorf ging.

Melanie hockte frierend auf ihrem Kanister und sah den Männern nach, die die Brücke über den hoch angeschwollenen Bach überquerten, über den Kirchplatz gingen und in dem baufälligen Häuschen verschwanden. Was mochte sie dort erwarten? Verirrte Bergsteiger? Ein neugieriger Reporter, der sich aus unerfindlichen Gründen in der Hütte versteckte?

Oder Schlimmeres?

Ein paar Minuten vergingen. Dann tauchten Julian und Daniel wieder auf und kehrten im Laufschritt zurück.

Melanie und Frank sprangen auf. „Was ist denn los?", riefen sie ihnen entgegen. „Wer ist da drin?"

„Ein Unfall! Wir holen die Trage", rief Julian ihr zu. „Ihr könnt jetzt zum Haus zurückgehen. Vergesst nicht, das Wasser mitzunehmen!"

# Geheimaktion „Rettet Frank!“

Als Frank und Melanie in der Jagdhütte ankamen, waren dort inzwischen alle Jugendlichen samt Ronnie im Gemeinschaftsraum versammelt und spähten neugierig aus den Fenstern. Auch die drei Wissenschaftler sowie Professor Freytag waren bereits wach und diskutierten den Zwischenfall. Julian hatte ihnen nur gesagt, es hätte einen Unfall gegeben, und war dann mit Daniel und der Trage wieder verschwunden.

Bald kamen sie jedoch wieder. Die beiden jungen Männer trugen eine reglose Gestalt auf der Trage, während Sanders und Rolf einen Mann in zerrissenen und schmutzigen Kleidern eskortierten, der schwerfällig zwischen ihnen humpelte.

Alles stürzte in den Vorraum, als sie das Haus betraten, aber Sanders jagte sie in den Gemeinschaftsraum zurück und befahl ihnen, dort zu warten, während die beiden Verletzten in die gut geheizte Küche gebracht wurden.

Der auf der Trage war halb ohnmächtig und sah jämmerlich aus. Sein Gesicht war bläulich blass und zerschrammt, als wäre er kopfüber in die borstigen Zweige der Krüppelföhren gestürzt. Der Zweite war ebenfalls schlimm zerschunden, er hinkte, und sein linker Arm schien gezerrt oder gestaucht zu sein, denn er ächzte bei jeder Bewegung.

Dann hörte Melanie Frank aufschreien: „Aber das ist ja Murdoch!“

„Wer ist das?“ Sanders fuhr herum. „Kennst du den Mann?“

Frank trat näher, studierte das schmutzige und verschrammte Gesicht und nickte dann ganz entschieden. „Ja, ja! Ich bin sicher. Das ist er. Ein Freund meiner Mutter. Aber ich habe keine Ahnung, wie er hierher kommt.“

„Warte, wir reden gleich darüber.“ Sanders bedeutete dem Jungen mit einer Handbewegung, sich in die Küche zu setzen.

Melanie, die vor Neugierde beinahe platzte, beschäftigte sich eifrig damit, die Wasserkanister Stück für Stück in die Küche zu schleppen und das Wasserreservoir im Herd aufzufüllen. Dann setzte sie den Kessel auf und fing an, Kaffee aufzubrühen. Auf diese Art wurde sie Zeugin von allem, was sich in der Küche abspielte.

Sanders hatte mit der Bergrettung telefoniert und wandte sich nun an Rolf. „Sie schicken einen Hubschrauber, der den Burschen ins Krankenhaus bringt. Hoffentlich wird das Wetter bis dahin nicht wieder schlechter.“ Dann sprach er in scharfem Ton den hinkenden Mann an, den Frank ‚Murdoch‘ genannt hatte. „So, und jetzt möchte ich wissen, was hier gespielt wird. Der Junge kennt Sie, und wir haben uns auch schon früher gesehen. Sie sind uns am ersten Tag unserer Hierseins in einem grün-silbernen Kastenwagen gefolgt, angeblich weil Sie in der roten Schlucht Bergsteigen wollten. Dass ein so schlaffer Sack wie Sie kein Bergsteiger ist, das habe ich mir damals gleich gedacht. Also? Wer und was sind Sie?“

Murdoch funkelte ihn zornig an – aus einem einzigen Auge, denn das zweite schwoll zu. „Es gibt nichts weiter zu sagen. Wir wollten Bergsteigen und hatten im Nebel einen Unfall mit dem Wagen – gerieten zu nah an den Straßenrand, der bröckelte ab, und wir rutschten in den Bach. Wir schafften es gerade noch bis zum Dorf und flüchteten uns in das Häuschen neben der Kirche. Dort verbrachten wir die Nacht und wollten warten, bis das Wetter besser wird."

Sanders drehte ihm gereizt den Rücken zu und wandte sich an Frank. „Wer ist der Typ? Sag du es mir."

Frank gehorchte bereitwillig, und Melanie, die mit heißen Ohren lauschte, erfuhr Näheres über James Murdoch. Er war der Freund von Franks Mutter, hatte sie bei sich aufgenommen, ihr den Rücken gegen ihren Ehemann gestärkt, ihr kräftig beigestanden in ihrem Kampf um Frank ...

... und dann kam der Knalleffekt!

„Ich glaube, ich weiß, warum er hier ist", erklärte der Junge. „Meine Mutter hatte Angst davor, dass mein Vater mich mit so einer Sekte losschickt. Sie drohte ihm, ihre Freunde würden mich aus dem Lager rausholen und in Sicherheit bringen."

Sanders starrte Murdoch an. „Stimmt das?"

„Und wenn, was geht Sie das an?", fauchte der Mann.

„Und ob mich das etwas angeht!", schrie Sanders, in dem prompt wieder der Jähzorn aufwallte. „Ich bin verantwortlich für die Jugendlichen hier! Glauben Sie etwa, Sie können hier einfach auftauchen und einen Jungen kidnappen?"

„Kidnappen! Ich bitte Sie! Es ging lediglich darum, zu verhindern, dass der sektiererische Einfluss des Vaters ..."

„Das hier ist kein Sektencamp, wie Sie leicht hätten erfahren können, wenn Sie sich bei den zuständigen Stellen erkundigt hätten, anstatt heimlich hier herumzuschleichen und uns auszuspionieren!"

Die Debatte ging heftig weiter. Nach und nach erfuhr Melanie den gesamten Hintergrund. Franks besorgte Mutter war anscheinend vom Regen in die Traufe geraten, als sie verwirrt und verunsichert bei einer Gemeinschaft Schutz gesucht hatte, die sektengeschädigten Eltern Rat und Hilfe anbot. Aber wie es aussah, holten Murdoch und seine Mitarbeiter die Jugendlichen nur zu dem Zweck aus Sekten heraus, um sie ihrer eigenen Sekte einzuverleiben, die in Amerika obskure „Befreiungscamps“ betrieb.

Zwar protestierte der Amerikaner heftig gegen diese Verleumdung, wie er es nannte, aber Melanie war nicht umsonst die Tochter eines Pastors. Sie hatte ihren Vater oft genug davon reden gehört, wie gerade Sekten sich als „Befreier“ aufspielten.

Frank hockte auf der Holzkiste und schüttelte den Kopf. „Ich glaub, ich werd verrückt!“, jammerte er. „Erst dachte ich, nur mein Vater hat einen Knall, aber jetzt sehe ich, dass meine Mutter ebenfalls einen hat. Mann oh Mann, die hätten mich glatt in irgendwelche Umerziehungscamps in die Staaten verschleppt!“

Ein lautes Knattern unterbrach ihn. Melanie blickte zum Fenster hinaus und sah, wie der Hubschrauber der Bergrettung in den Talgrund hinabsank und mitten auf der Wiese aufsetzte. Die wirbelnden Rotorblätter zerschnitten den Nebel in Fetzen und schleuderten diese in alle Richtungen fort. Zwei Sanitäter in roten Overalls sprangen heraus, hinter ihnen ein älterer Beamter in der Uniform der Landpolizei.

Der Verletzte auf der Trage wurde hinaustransportiert. Währenddessen stellte der Polizist Murdoch eine Anzahl Fragen über den Unfall, und diesmal bequemte sich der Amerikaner, die Wahrheit zu sagen. Er und sein Begleiter waren von Franks Mutter angeheuert worden, das „Sektencamp“ zu beobachten und den Jungen herauszuholen – notfalls mit Gewalt, wenn er nicht freiwillig mitkommen würde. Der Flug nach Amerika war bereits gebucht. Die beiden

„Befreier" hatten sich in der vergangenen Woche immer wieder in der Nähe der Jagdhütte herumgetrieben und auf eine günstige Gelegenheit gelauert, Frank allein zu erwischen. Er war aber immer in Gesellschaft der ganzen Gruppe gewesen, sodass sie nicht zuschlagen konnten.

Als am Freitag der Ausflug nach Fürstenbrunn stattgefunden hatte, war Frank nahe darangewesen, in dem grün-silbernen Kastenwagen zu verschwinden. Die Entführung – oder Befreiung, wie Murdoch es immer wieder nannte – war fehlgeschlagen, weil die heraneilende Schlechtwetterfront die überstürzte Abreise der Gruppe veranlasst hatte.

„Wo ist Frau van Winter jetzt?", wollte der Beamte wissen.

„In Fürstenbrunn, im Gasthof Bergblick", gab Murdoch widerwillig zu. „Aber ich verstehe nicht, was Sie ihr oder uns anhängen wollen. Wir haben kein Verbrechen begangen, wir wollten dem Kind nicht schaden, im Gegenteil, wir haben unsere Gesundheit riskiert, um Frank vor einem schrecklichen Schicksal zu beschützen! Sehen Sie sich den Verein, in dem Pastor van Winter jetzt aktiv ist, doch einmal näher an! Das sind nicht nur Irrlehrer, das sind Verrückte! Solchen Leuten kann man keine Jugendlichen anvertrauen!"

Der Beamte fühlte sich offenbar überfordert. Er blickte Sanders ratlos an. „Sie sind einer von diesem Verein?", fragte er.

Der Projektleiter schüttelte heftig den Kopf. „Nein. Ich kenne Pastor van Winter und seine Anhänger überhaupt nicht. Ich leite dieses Camp im Auftrag der Landesregierung, die das Projekt gemeinsam mit der Theologischen Fakultät gestaltet. Die Herrschaften hier" – er wies in die Runde – „sind die wissenschaftlichen Mitarbeiter."

Der Beamte notierte sich die Namen der drei Professoren. Melanie merkte, dass er nicht ganz durchblickte und nicht wusste, was er von der Situation halten sollte, denn er kündigte an, dass ein Kollege von der Kripo ins Tal kommen würde, sobald die Straße wieder problemlos befahrbar wäre. Dann wandte er sich an Frank: „Was ist mit dir, Junge? Bist du denn freiwillig hier?"

„Mein Vater wollte, dass ich hierher fahre."

„Schon klar. Aber bist du mit Gewalt hierher gebracht worden? Hat man dich unter Druck gesetzt? Wenn hier irgendetwas nicht stimmt, kann ich dich auf der Stelle mitnehmen. Möchtest du das?"

Melanie bemerkte, dass Frank ihr einen heißen Blick zuwarf, ehe er antwortete: „Nein, das ist nicht nötig. Es geht mir gut hier, und ich möchte bleiben. Wirklich."

Melanie blickte rasch beiseite und tat, als sei sie vollauf mit dem Füllen der Thermoskannen beschäftigt. Eine plötzliche Unruhe überkam sie. Okay, sie hegte mehr Gefühle für den Jungen, als ihr bewusst gewesen war – und natürlich hatte ihre demonstrative Zuwendung, die eigentlich nur Ronnie ärgern sollte, ihm Hoffnungen gemacht –, aber die Sache drohte sich schneller zu entwickeln, als ihr recht war.

Sie konnte jetzt absolut keine wilde Liebesgeschichte brauchen. Ein bisschen Zuneigung, ja, das schon, ein bisschen Schmeichelei für ihr verwundetes Ego, das sich von Julians Gleichgültigkeit gekränkt und von Ronnies Arroganz beleidigt fühlte, aber nicht die Leidenschaft, die dieser Blick verriet!

Mittlerweile kamen die Sanitäter zurück, um auch Murdoch in den Hubschrauber zu verladen, und wenig später ertönte das lärmende Knattern der Rotorblätter. Der Hubschrauber stieg kerzengerade in den trüb verhangenen Himmel und verschwand.

Sanders legte Frank die Hand auf die Schulter. „Komm mit, wir beide müssen einmal unter vier Augen miteinander reden.“

# Die verschwundene Braut

Den Rest des Tages verbrachten die Teams in der Jagdhütte. Zwar löste sich der Nebel auf, und die Sonne lugte vorsichtig durch die Wolkenschleier, doch Wiesen und Wege waren voll gesogen wie Badeschwämme, sodass ein Spaziergang eine höchst unlustige Angelegenheit gewesen wäre. So wurde die „Bibliothek" – drei Dutzend Bücher und einige Kopien der Kirchenchronik, von denen jedes Team eine erhielt – in den Gemeinschaftsraum geschleppt.

Dann brachte Rolf einen Krug herein, in dem sich ein Haufen Zettelchen befand. Reihum durfte jedes Team einen Zettel herausnehmen, bis keiner mehr da war. Die Papierstückchen waren mit den Namen der Murnauer Familien beschriftet.

„Jedes Team", erklärte Frau Dr. Soltau, „verfolgt das Schicksal der drei oder vier Familien, die euch zugefallen sind. Ihr verfasst eine richtige Chronik über sie. Als Grundlagen benutzt ihr die Kirchenchronik, die Bücher, eure eigenen Recherchen im Dorf und das Internet, wenn wir unseren wöchentlichen Ausflug nach Fürstenbrunn machen."

Melanie warf einen neugierigen Blick auf die Zettel, die das Team eins aus dem Krug gefischt hatte. *Bartel, Neuber, Johany, Sanders!* Sie stieß Pamela heftig an. „Wir haben Sanders!", zischte sie ihr ins Ohr. „Oh Mann, das wird heiß!"

„Sag ich auch", flüsterte Pamela zurück. „Vermutlich werden wir unter seiner Aufsicht recherchieren, ob in seiner Familie etwas faul war!"

Professor Freytag und sein Neffe saßen ebenfalls in der

Gemeinschaftsstube, denn ein Blick aus dem Fenster hatte sogar den Professor davor abgeschreckt, den Aufstieg auf das Hohe Joch zu wagen. Dort oben tobte der Sturm mit einer Wut, dass es unmöglich gewesen wäre, auch nur einen Schritt zu tun. Also beschäftigte Professor Freytag sich mit den Büchern der kleinen Bibliothek. „Man muss jede Gelegenheit nutzen, etwas dazuzulernen", hörte Melanie ihn sagen. „Vielleicht entdecke ich sogar etwas, das für mein Fachgebiet interessant ist."

Sanders bemerkte mit einem unfreundlichen Lachen: „Jedenfalls wären Sie der richtige Mann, um festzustellen, ob die Pflegetochter meines Urahns ein Menschenkind oder die Tochter einer Alraune war. Sie müssten unterscheiden können, ob ihr Skelett aus Knochen oder Wurzeln bestand."

Professor Freytag kniff die Augen zusammen. „Ich verstehe nicht ganz . . ."

„Oh – Sie können die Geschichte nicht kennen. Warten Sie einen Moment." Sanders stand auf und klatschte in die Hände. „Setzt euch einmal alle im Kreis herum, ich möchte euch etwas erzählen. Ihr könnt es als Beispiel dafür nehmen, wie Neid und Bosheit einen ehrlichen Mann und guten Christen in Verruf bringen können."

Die Jugendlichen lauschten angespannt, als er ihnen nun die Sage erzählte, die die Familie Sanders jahrhundertelang verfolgt hatte.

Einen Teil kannten Melanie und die Übrigen von Team eins schon: Nickolas Zahlheim, der bis dahin der Günstling des alten Fürsten Zwiernau gewesen war, hatte sich von Adam Sanders in seiner Stellung bedroht gefühlt und das Gerücht in die Welt gesetzt, der Fremde verdanke seine erstaunlichen Kenntnisse und Erfolge der Hilfe des Teufels.

Der hätte ihm eine Alraune geschenkt, die von da an dafür sorgte, dass ihm alles gelang, was er in die Hand nahm. Ausgerechnet Adams Barmherzigkeit war es gewesen, die ihn in Verruf gebracht hatte: Er und seine Frau hatten ein kleines, heimatloses Mädchen in ihr Haus aufgenommen, dessen Mutter und Bruder im Wald tot aufgefunden worden waren.

Frank beugte sich zu Melanie und wisperte ihr zu: „Erinnerst du dich? Wir haben das Grab auf dem alten Friedhof gesehen. Eine unbekannte Frau und ihr Sohn."

„Das Mädchen war noch klein und konnte nicht sagen, woher es kam und wer seine Mutter war", erzählte Sanders. „Adam Sanders, der es gefunden hatte, nahm es bei sich auf und nannte es Rebecca. Das Kind war seltsam, sowohl im Aussehen wie in seinem Wesen, und obwohl ihm nichts vorzuwerfen war, war es den Murnauern nicht geheuer. Es war, ganz anders als die kräftigen Bauernmädchen rundum, blass und zart, mit spitzen Gesichtszügen und ungewöhnlich langen, feinen Fingern. Das rötlich blonde Haar – das nach der Sitte der Zeit niemals geschnitten wurde – reichte ihm bis zu den Knien. Adam liebte Rebecca mehr als alle seine anderen Kinder. Sie heiratete nie, sondern lebte bei ihren Adoptiveltern bis zum Tod des Vaters. Am Tag nach seinem Begräbnis verschwand sie aus Murnau und wurde nie wieder gesehen."

Sanders blickte in die Runde. „All das war Grund genug für die Einfältigen und Boshaften, hinter vorgehaltener Hand zu wispern. Die Geschichte von der Springwurzel und das Gewisper über das rätselhafte Kind vermischten sich miteinander, sodass Rebecca nach ihrem geheimnisvollen Verschwinden zur Verkörperung der Alraune wurde, die man in Sanders' Besitz glaubte."

Professor Freytag, der sehr aufmerksam zugehört hatte, fragte: „Gibt es ein Bild des Mädchens?"

„Ja, aber ich habe es nicht zur Hand. Alle meine Erbstücke sind schon in mein neues Haus in Süßenbrunn geschafft worden. Warum wollen Sie denn ein Bild von Rebecca sehen?"

„Sie sagten, Rebecca hätte ungewöhnliche Gesichtszüge und sehr lange Finger gehabt. Wenn ich ein naturgetreues Bild von ihr sähe, könnte ich Ihnen vielleicht sagen, ob sie an einer Krankheit gelitten hat, die dieses merkwürdige Aussehen hervorrief. Armes Kind! Verwaist, mit einer Krankheit geschlagen und dann auch noch dem Verdacht ausgesetzt, eine Frucht des Teufels zu sein ..." Er schüttelte bekümmert den Kopf. „Nun, wenigstens hatte sie einen liebevollen Adoptivvater."

Rob Sanders erzählte weiter. „Rebecca musste einen sehr tiefen Eindruck bei den Murnauern hinterlassen haben, denn noch lange nach ihrem Verschwinden erzählte man sich von ihr. Viele behaupteten, sie hätten sie gesehen, wie sie im Mondschein durchs Dorf gehuscht war, halb durchsichtig wie ein Nebelstreif, oder wie sie hoch über den Häusern auf einem vorspringenden Felsen gekauert und ihr Haar gekämmt habe. Die Sage hielt sich bis in die Neuzeit. Noch in den 50er Jahren berichteten Gäste des Hotels von einem jungen Mädchen, das da und dort im Gebäude auftauchte und unvermutet wieder verschwand."

Daniel Schneyder, der betont gelangweilt an seinem Kugelschreiber kaute, während er zuhörte, warf ein: „Dürfen wir deshalb nicht in das Hotel hinein, weil wir Rebecca begegnen und vor Schreck tot umfallen könnten?"

Sanders warf ihm einen scharfen Blick zu. „Du darfst nicht hinein, weil die Fußböden morsch sind und du mit deinen dreihundert Pfund Lebendgewicht sofort durchbrechen würdest."

Die Zuhörer lachten, und der dicke Junge lief vor Zorn rot an. Er fauchte: „Sind die Leute, die in Ihrem Hotel verschwunden sind, alle durch die Fußböden gebrochen? Da müssen aber eine Menge Löcher drin sein, meinen Sie nicht? Aber ich glaube kaum, dass Ellen Schumantz dreihundert Pfund wog."

Sanders schluckte sichtbar. Melanie merkte ihm an, dass er schwankte, ob er Daniel über den Mund fahren und seine Autorität einsetzen sollte, um das Gemunkel zu unterdrücken. Dann entschied er sich jedoch anders. Zweifellos wusste er, dass mit einem Redeverbot allein nichts auszurichten war. „Gut", erklärte er. „Da wir schon bei den Märchen, Sagen und der üblen Nachrede sind, können wir auch gleich die Gerüchte über Verschwundene abhandeln."

„Gerüchte?", fragte Daniel und zog die Augenbrauen hoch, bis sie beinahe unter seinem Haarschopf verschwanden. „Das Verschwinden von Ellen Schumantz ist sehr gut dokumentiert."

„Das weiß ich auch, also halt den Mund und lass mich reden!", schnauzte Sanders ihn an. Etwas gemäßigter fuhr er fort: „Es stimmt, dass immer wieder Menschen aus Murnau verschwanden. Bei einigen können wir annehmen, dass ihnen das harte, fromme Leben nicht behagte und sie deshalb heimlich das Dorf verließen. Manche sind wohl auch tödlich verunglückt, und ihre Leichen wurden nie gefunden. Ihr müsst bedenken, dass der Wald hier lange Zeit wirklich gefährlich war, dass wilde Tiere darin herumstreiften und man sich leicht verirren konnte. Und die Berge sind noch heute voll lauernder Gefahren. Wie schnell das Wetter umschlagen kann, habt ihr ja eben erst selbst erlebt. Ich bin überzeugt, dass viele der Verschwundenen dort oben auf der eisigen Höhe oder in den Tiefen einer heimtückischen Doline liegen."

„Aber nicht Ellen Schumantz", beharrte Daniel.

„Nein, sie nicht. Sie verschwand am Vorabend ihrer Hochzeitsfeier aus dem Hotel. Aber sie wurde weder von bigotten Murnauern ermordet, die keine Jüdin in ihrer Gemeinde dulden wollten, noch lockte Rebeccas Gespenst sie in einen Abgrund. Sie lief einfach davon, das war es. Aber natürlich war es in den zwanziger Jahren des vorigen Jahrhunderts ein ungeheurer Skandal, dass eine Braut den Bräutigam sitzen ließ und bei Nacht und Nebel türmte, weil sie zu dem Entschluss gekommen war, dass sie ihn einfach nicht den Rest ihres Lebens ertragen konnte."

Ellen Schumantz, so erzählte Sanders weiter, war eine junge Frau aus einer reichen jüdischen Familie gewesen, die in Süßenbrunn eine Papierfabrik betrieben hatte. Gabriel Sanders, der damalige Hotelbesitzer, verliebte sich in sie und hielt um ihre Hand an, obwohl viele Murnauer gegen die Verbindung protestierten. Die Schumantz waren getaufte Juden, aber Juden waren sie trotzdem, argumentierten viele Einwohner, allen voran die Familie Johany, die die Fahne der Rechtgläubigkeit hochhielt.

Vater Schumantz und Gabriel Sanders wurden sich einig. Ellen wurde nicht lange gefragt.

Pamela, die neben Melanie saß, stieß einen tiefen Seufzer aus. „Arme Ellen! Stell dir vor, dein Vater würde dir kurzerhand befehlen, irgendeinen Kerl zu heiraten, den du nicht ausstehen kannst – einen wie Daniel vielleicht! Würdest du da nicht auch verschwinden?"

Melanie nickte, bedeutete Pamela aber zu schweigen. Sie wollte die Geschichte in allen Einzelheiten hören.

Sanders fuhr fort. „Ob die schöne Ellen einen anderen Mann liebte oder ob sie nur Gabriel nicht ausstehen konnte, ist ungeklärt. Auf jeden Fall muss sie Freunde gehabt haben, die ihr halfen, denn es gelang ihr, das Land zu verlassen und an Bord eines Dampfers nach Rio de Janeiro zu gehen. Danach hat man nie wieder etwas von ihr gehört, jedenfalls nicht hier in Murnau."

„Und Gabriel?", fragte Jovanka. „Was sagte der dazu?"

„Er ist nie über die Demütigung hinweggekommen. Später heiratete er wieder, aber es war eine lieblose Vernunftehe, ausschließlich zu dem Zweck geschlossen, die Familie weiterzuführen. Frauen waren ihm verhasst, er lebte nur für sein Gut und das Wohl der Gemeinschaft. So!" Er stand auf und ließ seinen scharfen Blick über die Anwesenden schweifen. „Jetzt kennt ihr sämtliche Schauergeschichten von Murnau, und ich hoffe, das ist das Ende von allem Gemunkel und Getuschel."

Pamela flüsterte ihrer Freundin zu: „Der ist ein Optimist! Glaubt er wirklich, dass das Gerede jetzt aufhört?"

Sie behielt Recht. Natürlich konnte keine Rede davon sein, dass „das Geheimnis von Murnau" damit vom Tisch gewesen wäre. Solange Sanders in Hörweite war, schwiegen zwar alle, aber kaum war er weg, ging das Geflüster von neuem los. Immer wieder schlichen Mädchen und Jungen an die Fenster, die auf das Hotel hinausblickten, und starrten zu dem finsteren alten Gebäude hinauf.

Was war vor rund achtzig Jahren dort oben geschehen? Melanie, die eine lebhafte Fantasie hatte, sah richtiggehend vor sich, wie die schöne Ellen Schumantz in ihrem Zimmer saß, den Blick starr auf das weiße Brautkleid gerichtet. Sie spürte, wie die Verzweiflung im Herzen der unseligen Braut immer höher wallte, bis sie daran zu ersticken glaubte, und wie sie spürte, dass ihr nur noch ein einziger Ausweg blieb: die Flucht – die todesmutige, halsbrecherische Flucht durch die Nacht, bevor die Ehe sie für ewig an den verhassten Mann fesseln würde! Wie mutig musste sie gewesen sein, alles hinter sich zu lassen, ihr reiches Elternhaus, ihre gesellschaftliche Stellung, ihre Freundinnen und Bekannten, um ihr Leben so führen zu können, wie sie es für richtig hielt …

Man hatte ihr einen Mann aufzwingen wollen, gegen den sich alles in ihr sträubte. Sie hatte lieber alles aufgegeben und ein völlig neues Leben in der Fremde angefangen, als einen Lebensweg zu gehen, den sie verabscheute. Was war aus ihr geworden? Hatte sie in Rio de Janeiro ein neues, glückliches Leben gefunden, wie seinerzeit die Vertriebenen im Heimlichen Grund ihr „Zion" gefunden hatten? Oder hatte ihre abenteuerliche Flucht ein böses Ende genommen?

Dann stieg der Gedanke in Melanie auf: Wenn ich in ihrer Situation gewesen wäre, hätte ich denselben Mut gehabt? Wenn ich alles aufgeben müsste, was ich habe, und nichts dafür bekäme als die Überzeugung, das Richtige getan zu haben? Würde ich mich so entscheiden wie Ellen? Oder Kompromisse schließen und mir einreden, man dürfe nicht stur seinen Kopf durchsetzen?

Sie wandte sich von der düsteren Szenerie draußen ab und kehrte zurück in die lachende, lärmende Gesellschaft der jungen Leute.

Anhang

# Fakten und Historisches zum Murnau-Projekt

Anmerkung der Autorin:

Die hier angeführten historischen Fakten der Salzburger Protestanten sind echt und von mir nach bestem Wissen recherchiert worden.

Murnau und seine Bewohner sind aber fiktiv, Ähnlichkeiten mit lebenden Personen wären daher zufällig und nicht beabsichtigt.

*Sophie Rosenberg*

# Die Geschichte des Geisterdorfes Murnau

Die Geschichte Murnaus ist ein Zeugnis für ein düsteres Kapitel in der Chronik des Christentums, aber auch für den ungebrochenen Mut und das Gottvertrauen, das Christen unter den schwierigsten Umständen bewahrten.

Die Menschen, die hier lebten, kamen als Vertriebene in das Murnautal. Im 17. und 18. Jahrhundert wurden in Österreich wiederholt komplette Familien wegen ihres lutherischen Glaubens gleichsam über Nacht von Haus und Hof verjagt. Flüchteten sie nicht schnell genug, drangen Soldaten in ihre Häuser ein und eskortierten sie gewaltsam über die nächste Grenze.

Das bekannteste Ereignis dieser Art war die Vertreibung der Salzburger Protestanten in den Jahren 1730 und 1731. Bereits fünfzig Jahre vorher war es jedoch im Defereggental, das damals noch zum Fürsterzbistum Salzburg gehörte, zur gewaltsamen Umsiedelung von mehr als 900 Personen gekommen. Diese Verstoßenen, die auf ihrer Suche nach einer neuen Heimstatt in den einsamen, unbewohnten Talkessel gerieten und sich dort ansiedelten, waren die Gründerväter und -mütter des Dorfes Murnau.

Das Gebiet um Fürstenbrunn ist uralter Kulturboden, die ersten menschlichen Spuren reichen bis in die jüngere Steinzeit zurück. Aber erst dreitausend Jahre später setzte der erste Mensch seinen Fuß hierher in den Talkessel. Bis dahin war das Tal wüster verschlungener, unpassierbarer Urwald. Es gehörte den Naturgewalten, den wilden Tieren, den tosenden Gebirgsbächen. Die Menschen wussten lange Zeit nicht, dass es überhaupt existierte. Entdeckt wurde das Tal – dem man später den Namen „Heimlicher Grund" gab – vermutlich, als Bewohner der Dörfer Süßenbrunn, Rehwald und Fürstenbrunn in Kriegszeiten in die Wälder flüchteten.

Diese „Entdecker" waren Untertanen der Herren von Zwiernau, die sich bereits zwischen 1030 und 1050 auf dem Boden der heutigen Gemeinde Fürstenbrunn festgesetzt hatten und später noch eine sehr bedeutende Rolle in der Geschichte von Murnau spielen sollten. Auf jeden Fall entdeckten Forscher in der Fuchsengrotte, einer geräumigen Höhle unterhalb der Spiegelwand, zahlreiche Spuren, die zeigten, dass sich dort wahrscheinlich schon im 11. Jahrhundert Menschen angesiedelt hatten. Diese hatten das Tal jedoch nur als gelegentliche Zuflucht in Kriegszeiten genutzt, waren jedoch bei erster Gelegenheit in die freundlichen, sonnigen Vorberge rund um Schloss Fürstenbrunn zurückgekehrt.

Das Tal war zwar schon seit dem Mittelalter bekannt, besiedelt wurde es jedoch erst im späten 17. Jahrhundert. Anlass waren die oben erwähnte Verfolgung und Vertreibung Andersgläubiger. Jüdische Gemeinden wurden im Hexenwahn ausgelöscht, die Salzburger Protestanten unterdrückt und oftmals des Landes verwiesen.

Im Jahr 1633 war der westfälische Frieden geschlossen worden, der den Religionsfrieden sowie die Gleichberechtigung der Protestanten garantierte. Doch der galt nur auf dem Papier. Ansonsten setzte sich der Grundsatz *Cuius regio, eius religio* durch – die Untertanen mussten die Religion ihres Landesherrn annehmen. Taten sie das nicht, so mussten sie das Land verlassen, wobei ihnen allerdings eine dreijährige Frist eingeräumt wurde, innerhalb deren sie in Ruhe ihre Habe veräußern und sich eine neue Heimstatt suchen konnten.

Vielerorts in katholischen Landen, auch im Fürsterzbistum Salzburg, wurde die Situation so gehandhabt, dass die Evangelischen sich still verhielten und die katholischen Herren sie kommentarlos duldeten. Unter Erzbischof Maximilian Gandolf von Kuenburg aber, einem Jesuitenzögling und starrsinnigen Glaubensfanatiker, brach ein Verfolgungssturm über die evangelischen Christen herein, der in ganz Europa Empörung hervorrief.

Die ersten Opfer wurden im Winter 1684 viele Bauern im Deferegger Tal in den Hohen Tauern, das damals noch zum Fürsterzbistum Salzburg gehörte. Ausgelöst hatte die Verfolgung die Anzeige eines Devotionalienhändlers, dass ihm im Defereggental keine Heiligenbilder abgekauft worden seien. Daraufhin wurden Kapuzinermönche ins Tal geschickt – Gesinnungsschnüffler, um es modern auszudrücken. Diese stellten fest, dass in fast allen Häusern evangelische Bücher vorhanden waren, außerdem, dass die Bauern keine Rosenkränze besaßen und nicht an das Fegefeuer glaubten. Daraufhin befahl Erzbischof Maximilian Gandolf, der damals der geistliche Landesherr des Erzstiftes Salzburg war, am 7. November 1684 ihre Ausweisung. Dabei wandte er einen Trick an: Die protestantisch gewordenen Deferegger, so argumentierte er, seien keine Protestanten, sondern Schwärmer und Sektierer, obendrein Aufrührer und politische Rebellen, gefährliche Feinde von Thron und Altar. Er ordnete deshalb ihre unverzügliche Aussiedlung an und verlangte zudem, dass alle Kinder unter 15 Jahren zurückgelassen werden sollten. Das führte dazu, dass die Familien getrennt wurden.

Die Kinder wurden unter den katholisch gebliebenen Bewohnern des Tales verteilt und sollten zwangsweise im katholischen Glauben erzogen werden. Überdies wurden für die Erziehung der rund 300 Kinder und Jugendlichen zwei Drittel des Verkaufserlöses der Güter eingezogen, das heißt, die Evangelischen mussten den größten Teil ihres Vermögens dafür aufwenden, dass ihre Kinder zum Katholizismus umerzogen wurden.

Mitten im kalten Winter 1684 – zunächst am 13. Dezember, dann noch einmal am 29. Dezember – verließen insgesamt 621 Menschen das Deferegger Tal. Die geringe Habe notdürftig auf Schlitten gepackt, mussten sie sich im hohen Schnee den Weg über die Tauern nach Norden bahnen. Familien wurden auseinander gerissen, wohlhabende Leute standen unvermutet als Bettler auf der Straße, durften kaum das zum Leben Nötigste mitnehmen. Greise und Kranke wurden mitleidlos in die Winterkälte hinausgejagt.

Die Verstoßenen hofften in Süddeutschland – insbesondere in den Städten Stuttgart, Regensburg, Augsburg und Ulm – Aufnahme zu finden. Aber der Weg dorthin war weit und steinig. Wegen ihrer Armut begegnete man den Flüchtigen überall mit Misstrauen. Bayern verweigerte ihnen die Ein- und Durchreise. Viele starben unterwegs an Krankheiten, Erschöpfung, Kälte und Hunger.

Die Geschichte des Murnauer Tales begann also mit einem Häuflein verängstigter, aus der Bahn geworfener Flüchtlinge, die entschlossen waren, sich nicht unterkriegen zu lassen.

Eine kleine Schar der Vertriebenen aus dem Deferegger Tal, etwa hundert Menschen, gelangte durch Zufall – oder göttliche Fügung – in den Heimlichen Grund. Sie hatten einen Pass über die Berge gesucht, sich aber in den verschneiten Wäldern verirrt. Erschöpft, halb verhungert, verängstigt fanden sie in den tiefen Stollen der Fuchsengrotte Zuflucht.

In späterer Zeit dachten die Murnauer an ihre Höhlenzeit zurück wie die Kinder Israels an ihre Wanderung in der Wüste. Sie erinnerten sich an eine Zeit, in der sie von Dankbarkeit für ihre wunderbare Errettung erfüllt gewesen waren. Damals hatten sie sich Gott sehr nahe gefühlt. Sie verbrachten die Stunden, in denen sie nicht jagten oder Holz sammelten, mit Gebeten und dem Singen von Liedern und Psalmen, sie lasen in der Bibel, ermunterten und trösteten einander. Es war, wie ihr Pastor später notierte, „eine Zeit reiner, strahlender Gnade".

Als die Vertriebenen in der Fuchsengrotte Zuflucht gefunden hatten, hielt ihr Anführer, ein Bauer namens Adam Sanders, ihnen eine Rede, die über Generationen überliefert wurde. „Da Gott uns hierher geführt hat", sagte er, „so meine ich, wir sollten hier bleiben. Es ist besser, den Gefahren von Wildnis und Wetter zu trotzen und mit den wilden Tieren zu kämpfen als mit dem Papst und den Bischöfen. Lasst uns sagen: Das hier ist unser Zion, wohin uns der Herr geführt hat."

Den Winter über hausten sie in der Fuchsengrotte und lebten von den Fischen im Bach und dem Wild, das es im

Wald überreichlich gab. Als der Sommer kam, fingen sie an zu roden und zu bauen. Es waren harte, entschlossene Menschen, die sich Meter für Meter vorkämpften durch einen Wald, der ein fast undurchdringliches Netz umgestürzter und vermoderter Baumriesen, verfilzter Dornranken, gewaltiger Stämme und stacheliger Schlingpflanzen bildete. Sie waren ständig bedroht von den Raubtieren, die so lange ungestört hier gehaust hatten und deren Spuren wir heute noch in den Namen finsterer Klüfte und Täler wieder finden: Wolfsschlucht, Bärenloch, Fuchsenfährte...

Die neuen Siedler blieben lange unentdeckt. Es gab damals keine Straße, nicht einmal einen Karrenweg. Der Zugang zum Tal war kaum aufzufinden, wenn man nicht wusste, wo man zu suchen hatte. Noch zu Ende des 18. Jahrhunderts führte lediglich ein Fußpfad, der wegen der steilen Felsen für Fußgänger sehr beschwerlich, zu Pferd aber gar nicht zu passieren war, durch den Kalten Gang. Die Murnauer bauten diesen Steig später zu einem Karrenweg aus. Erst seit 1832 verläuft dort eine Straße.

Adam Sanders war ein schlauer und tüchtiger Mann. Er wusste nur zu gut, dass es auf die Dauer unmöglich sein würde, sich im Urwald zu verstecken und von Fischen, Vögeln und wilden Kräutern zu leben. Er suchte daher Kontakt zu den Jägern und Schäfern auf den Bergen und fand rasch heraus, dass der damals regierende Landesfürst Friedrich von Zwiernau zwar ein Katholik war, in erster Linie aber ein praktisch denkender, geldgieriger und Prunk liebender Mann. Er beschloss, das Wagnis zu riskieren, verließ, ohne seinen Gefährten etwas zu sagen, das Tal und sprach bei Herrn Friedrich vor.

Und tatsächlich gelang es ihm, mit dem Fürsten einen Pakt zu schließen: Dieser sollte die Murnauer unter seinen Schutz nehmen, dafür würden sie die riesigen Tannen des Tales abholzen und ihm liefern – auf dem einzigen Weg, der überhaupt möglich war: dem Kaltenbach.

Niemand konnte glauben, dass es möglich sein würde, Holz über den wilden Kaltenbach zu triften, wie man das nennt. Der Gedanke war so kühn, dass später erzählte Sagen behaupteten, Adam Sanders habe seine Seele dem Teufel verkauft, um das Werk zu schaffen. Der Böse musste einfach seine Hand im Spiel haben: Der Teufel hielt, wenn das Holz ankam, das tobende Wasser an und ließ es so sanft und milde gleiten, dass es die Stämme wie Federn nach Fürstenbrunn trug, wo Herrn Friedrichs Leute sie erwarteten. Im Kalten Gang zeigt man noch den Felsen, auf dem der Teufel hockte, mit den Abdrücken seiner Klauen darin.

Sanders und seinen Mitarbeitern gelang es, das schwierige Transportproblem zu lösen. Sein Plan ging auf. Das wertvolle Holz machte den Fürsten reich, und er hielt große Stücke auf die Murnauer. Von ihrem Glauben wurde nicht geredet.

Die Murnauer kamen kaum mit der Außenwelt in Kontakt. Sie verließen ihr Tal nur, um in Fürstenbrunn einzukaufen, und selbst dann zeigten sie sich so verschlossen und zurückhaltend, dass die Leute es bald aufgaben, mit ihnen ein Gespräch anzufangen. Und niemand hatte Lust, in Murnau einen Besuch zu machen. Die Holzleute waren streng und ernst in ihrem Glauben, es gab keine Gastwirtschaft im Dorf, keinen Tanzboden, nicht einmal ein fröhliches Lachen oder ein Scherzwort.

❖ ❖ ❖

Dann wurden in der Wilden Mauer Silberminen entdeckt. Das Silber ließ sich am leichtesten von der Murnauer Seite her abbauen. Was lag da näher, als dass die Herren von Zwiernau auch diese Arbeit ihren „lieben Ketzern" anvertrauten? Denn bei ihnen konnte man sicher sein, dass sie redlich abrechneten und nichts in die eigene Tasche steckten. Bei ihnen gab es auch keine Saufereien und Schlägereien. Also schickte man einen erfahrenen Bergmeister zu ihnen.

Das Murnauer Bergwerk verdankt seine Entstehung dem Bergmeister Simon Johany. Dieser Bergmann war ebenfalls ein Protestant, der seine Heimat hatte verlassen müssen. Er war aber keiner aus dem Deferegger Tal, sondern kam aus Dürrnstatt in der Nähe von Hallein. Auch dort hatte der Erzbischof Gandolf gewütet, nachdem der Pfleger von Hallein ihm gemeldet hatte, dass die Bergleute des Dürrnberger Salzbergwerkes nicht mehr an der Messe teilnehmen würden. Daran war freilich Max Gandolf selbst schuld, denn er hatte dafür gesorgt, dass ein besonders fanatischer Mönch auf den Dürrnberg gesandt wurde. Dieser Eiferer stiftete nicht nur mit seinen erzkonservativen Predigten allerlei Unruhe, sondern beschimpfte auch die evangelische Lehre. Die verärgerten Bergleute verließen immer häufiger unter Protest das Gotteshaus, wenn sie sich solche Predigten anhören mussten, und blieben schließlich ganz fern. Stattdessen trafen sie im Abtswald bei Dürrnberg zu geheimen, lutherischen Gottesdiensten zusammen.

Obwohl in Salzburg längst bekannt war, dass die Bergleute Protestanten waren, hatte man sie bis dahin unbehelligt gelassen, denn das von ihnen gewonnene Salz bildete eine der Haupteinnahmequellen des Landes. Jetzt aber ließ Erzbischof Max Gandolf eine strenge Untersuchung einleiten. Als Anführer und Prediger wurden die Bergleute Joseph Schaitberger, Matthias Kammel und Simon Lindtner genannt.

Joseph Schaitberger war ein wichtiger geistlicher Führer dieser Zeit und die „Seele" der Exulantenbewegung. Er und seine beiden Kameraden wurden Neujahr 1686 gefangen genommen. Mit Folter, Hunger, Durst und Drohungen wollte man sie geständig und gefügig machen. Doch das Gegenteil wurde erreicht. Die drei Männer legten vor dem Bischof in schriftlicher Form ein eindeutiges Bekenntnis zur lutherischen Lehre ab.

Nachdem sich die Bekehrungsversuche als vergeblich erwiesen hatten, wurde allen, die sich mit ihnen als evangelisch bekannten, mitgeteilt, dass sie ihre Arbeit im Bergwerk verloren hätten und damit auch alle Vergünstigungen. Wenige Tage später kam aus Salzburg der Befehl, alle lutherischen Bergleute hätten das Land sofort zu räumen. Der Verkauf ihrer Güter sei ihnen verboten.

Joseph Schaitberger klagte damals mit bewegenden Worten:

*„Siehe, da nimmt man uns erstlich die Berg-Arbeit, denn wir waren Bergknappen, und hatten große Freiheit. Zum andern haben sie uns verbotten, unsere vätterliche Erbgüter nicht mehr zu besitzen, auch dieselbigen zu verkauffen. Endlich, haben wir noch zur Straff als Übertretter der Römischen Kirchen 14 Tag bei Wasser und Brod in der Buß arbeiten müssen. Zu allerletzt aber wurden wir noch einmal für geführet, und gefragt: Ob wir von unserem Ketzerischen Glauben nicht abstehen und Chatolisch bleiben? Allein wir wollten nicht. Nun hat man uns mit Gewalt*

*Kinder und Güter zurückbehalten und uns mit unsern Weibern mit leeren Händen aus dem Land geschafft, und zwar mitten im Winter 1685/86."*

Viele der vertriebenen Bergleute fanden rasch im sächsischen Erzgebirge Arbeit und Wohnung, aber andere zogen lange von einem Ort zum anderen und konnten nirgends richtig Fuß fassen.

Simon Johany war einer dieser Wanderer, als ihn der Ruf nach Murnau erreichte. Er brachte zwei Dutzend Bergleute mit ihren Familien mit, die sich in dem Dorf ansiedelten.

Adam Sanders freute sich besonders über ihre Ankunft. Vorausschauend, wie er war, hatte er sich schon lange Gedanken darüber gemacht, wie die Zukunft der kleinen Gemeinde aussehen könnte. Denn wenn sie untereinander heirateten, würden sie bald viel zu eng versippt und verschwägert sein. Aber in Süßenbrunn, Rehwald, Fürstenbrunn oder Wildmark waren auch keine Braut, kein Bräutigam zu finden, denn die Leute dort waren alle katholisch. Das Problem, über das sich Adam als Einziger Gedanken gemacht hatte, war mit der Ankunft der Bergleute gelöst.

Die Neuankömmlinge fügten sich rasch in die Dorfgemeinschaft ein. Die gemeinsame Erinnerung an die Grausamkeit des Fürsterzbischofs und die Leiden ihrer Glaubensgenossen verband sie mit den Ansässigen. Sie machten sich mit Eifer und Geschick an die Arbeit, und schon bald brachte der Bergbau den Murnauern und ihrem Schutzherrn ebenso viel Geld wie die Holzgewinnung.

Es zeigte sich, dass das Silbervorkommen im Berg nahezu unerschöpflich war. Dadurch wurden auch die Bergleute immer wohlhabender. Murnau war schnell ein reiches Dorf. Sowohl die Herren von Zwiernau als auch die Murnauer waren zufrieden.

Aber nicht alle waren mit diesem Verlauf der Dinge glücklich. Der damalige Pastor – er hieß Martin Brugger – nannte das Silberbergwerk „des Teufels Geldbeutel". Er sah ganz klar die geistlichen Gefahren, die dem Dorf drohten. Aber seine Warnungen fanden wenig Gehör. Vorerst gab es auch noch keine sichtbaren Anzeichen dafür, dass sich ein Wurm im Apfel eingenistet hatte. Die Ältesten sorgten streng dafür, dass Saufereien, Dirnen und andere Gottlosigkeiten in Murnau nicht Fuß fassen konnten.

Doch die Menschen, deren Väter und Großväter als gottesfürchtige Bettler in den Heimlichen Grund gekommen waren, waren mit ihrem vielen Geld habgierig und hartherzig geworden. Ihre ernste Frömmigkeit hatte sich, ohne dass sie es selbst gemerkt hatten, in geistlichen Hochmut und Rechthaberei verwandelt. Aus ihrer Bescheidenheit war eine freudlose Askese geworden, sie gönnten weder sich noch anderen die Freuden des Lebens. Leise und heimlich hatte der Reichtum Gott aus ihren Herzen vertrieben und sich selbst an seine Stelle gesetzt – und damit kam das Unheil über Murnau.

Die Fürsten von Zwiernau schätzten ihre „lieben Ketzer", aber an ihrem katholischen Hof gab es auch viele, die sie nicht ausstehen konnten – manche aus religiösen Gründen, manche einfach deshalb, weil sie reich und tüchtig waren. Es gab einen Magister namens Nickolas Zahlheim, der erst katholischer Priester gewesen, dann zum Augsburger Bekenntnis konvertiert und zuletzt von allem christlichen

Glauben abgefallen war. Er war ein intelligenter Mensch, hatte sich mit den neuesten wissenschaftlichen Entdeckungen seiner Zeit befasst, besaß eine „Laterna Magica", eine „Elektrisiermaschine", ein starkes Fernrohr und interessierte sich besonders für den Sternenhimmel, den damals schon eine Reihe von Wissenschaftlern untersucht hatten.

Der Magister versuchte bei jeder Gelegenheit, die Murnauer schlecht zu machen. Er streute Gerüchte und bezichtigte im Besonderen Adam Sanders der Beschäftigung mit dem Okkultismus, obwohl er selbst in dem Ruf stand, sich heimlich mit nicht ganz astreinen und unsauberen Dingen zu beschäftigen. Er war einmal mit Adam Sanders in einen Streit geraten, bei dem böse Worte gefallen waren, so böse, dass keiner von beiden sie dem Gegner verzeihen konnte. Es ging um die sensationelle Ankündigung des englischen Astronomen Edmund Halley, dass der 1682 erschienene Komet einer vorausberechenbaren Bahn folge und genau im Jahr 1758 wieder über Deutschland zu sehen sein würde. Zahlheim wertete das als Beweis dafür, dass das gesamte Universum nichts weiter sei als ein ungeheures Uhrwerk ohne Sinn und Verstand – eine Ansicht, der Sanders natürlich nicht zustimmen wollte.

So kam das Gerücht auf, Adam Sanders habe einen Pakt mit dem Teufel geschlossen und von ihm eine Alraune bekommen. Man erzählte die erstaunlichsten Dinge über diese Wurzel: Wer eine Alraune besitze, könne in jedem beliebigen Menschen leidenschaftliche Liebe erwecken, Glück im Spiel und bei seinen Geschäften haben, fruchtbar, potent und gesund bleiben, vor Schadenszauber und Gespenstern geschützt sein, wahrsagen und prophezeien und ewige Jugend erlangen.

Als das Gerücht, das Zahlheim in die Welt gesetzt hatte,

sich bis zum Murnauer Ältestenrat herumsprach, bekam Adam Sanders Schwierigkeiten. Obwohl er auch in Murnau Neider und Feinde hatte, wagte jedoch niemand, solche Anschuldigungen laut vorzubringen: Adam Sanders war reich und mächtig, und er hatte das jähzornige Temperament, das auch seine Nachkommen auszeichnete. Darüber hinaus war die Situation dieser ersten Generation von Siedlern noch zu heikel, als dass sie es hätten wagen können, einen Hexenprozess anzustrengen. Eine Anklage gegen Sanders hätte leicht auf die gesamte Gemeinschaft zurückschlagen können, sodass sie alle in den Verdacht der Hexerei geraten wären. Sie wussten nur zu gut, dass ihre einzige Chance darin bestand, sich so still und unauffällig wie nur möglich zu verhalten. So blieb Sanders bis zu seinem Tod der angesehenste Mann der Gemeinde.